EU SOZINHA
Marina Colasanti

EU SOZINHA
Marina Colasanti

SÃO PAULO, 2018

© Marina Colasanti, 2013
2ª Edição, Global Editora, São Paulo 2018

Jefferson L. Alves – diretor editorial
Gustavo Henrique Tuna – editor assistente
Flávio Samuel – gerente de produção
Flavia Baggio – coordenadora editorial
Jefferson Campos – assistente de produção
Fernanda Bincoletto – assistente editorial e revisão
Alice Camargo – revisão
Claudia Furnari – projeto gráfico

Obra atualizada conforme o
NOVO ACORDO ORTOGRÁFICO DA LÍNGUA PORTUGUESA

CIP-BRASIL. CATALOGAÇÃO NA PUBLICAÇÃO
SINDICATO NACIONAL DOS EDITORES DE LIVROS, RJ

C65e
2. ed.

Colasanti, Marina
Eu sozinha / Marina Colasanti. – 2. ed. – São Paulo : Global, 2018.

ISBN 978-85-260-2392-5

1. Literatura brasileira. I. Título.

17-46545   CDD: 869.8
                                               CDU: 821.134.3(81)-8

Direitos Reservados

global editora e distribuidora ltda.
Rua Pirapitingui, 111 – Liberdade
CEP 01508-020 – São Paulo – SP
Tel.: (11) 3277-7999 – Fax: (11) 3277-8141
e-mail: global@globaleditora.com.br
www.globaleditora.com.br

Colabore com a produção científica e cultural.
Proibida a reprodução total ou parcial desta obra
sem a autorização do editor.

Nº de Catálogo: **3552**

Para Arduíno Colasanti, meu irmão

SUMÁRIO

Prólogo a esta edição, 9

Introdução, 11

Jamais hei de saber a imagem que os outros têm de mim, 13

A lâmpada da minha mesa de trabalho é muito forte, 15

Da África, não lembro quase nada, 17

Meus vizinhos comem carne assada, 19

No verão saímos da praia muito depois das outras crianças, 21

Botei uma lâmpada no meu estúdio, 23

Na larga estrada de asfalto, minha prima, meu irmão e eu caminhamos para o rio, 25

Chove, 27

Um dia, as flores entraram em minha vida, 29

No domingo longo, sem sol, as horas se esgotam lentamente, 32

Em dia de gazeta, eu saía andando calma pela alameda das dálias, 35

Venta, 38

Agora durmo no sótão, 40

Pela porta aberta entra a luz da rua, 42

Meu pai e meu irmão estão quase terminando de arrumar o presépio, 44

O único movimento que traz alguma modificação à casa, quando chego, é o abrir e fechar da porta, 46

Minha avó dorme a sesta, 48

Bem que o rapaz avisou quando me deu a ficha: "Vai demorar um pouco...", 50

No fundo do sótão, 52

À noite, levanto mil vezes, 54

A casa é grande, o jardim, ao redor, imenso, 56

No ônibus vejo coisas terríveis, 59

Entre tantas portas iguais, 61

A decrepitude do prédio sujo se evidencia logo, 63

A princípio choveu com força, 66

Esta sala não tem janelas, 68

As arcadas de luz, e a sombra, 70

Ele entrou primeiro, 72

Desperto lentamente, 74

O clima, na repartição, é de suspense, 76

Na sala imensa forrada de lambris entalhados, 78

Sou menor do que minhas medidas, 80

Somos treze, na sala, 82

A primeira coisa que pensei quando entrou no ônibus, 84

Espero a irremediável vez do alto-falante, 86

Não pensei que tivesse nome, 89

Estamos quase chegando ao nosso destino, 91

O almoço estava marcado para as duas da tarde, 93

Deitada de costas, observo o tempo passar, 96

O sinal fechou e o carro foi obrigado a parar, 98

Este navio não tem data para chegar, 100

O trabalho findo, cá estou eu, sentada na redação, 102

Um dia voltei à casa, 104

É noite de sábado, 107

Já chega a noite, 109

São seis horas de uma tarde de sábado, 111

Prólogo a esta edição

Hoje me pergunto como tive a ousadia que conduziu a este livro. Mas quando o escrevi não hesitei, talvez por não saber que estava sendo ousada.

Eu era então redatora e cronista do Caderno B do *Jornal do Brasil*. Não havia, no jornalismo carioca daquele momento, lugar melhor para se estar. E tinha 26 anos, a idade em que tudo se pode. Já morava sozinha. Voltava do trabalho, casa vazia, rua mansa, punha uma folha na minha Olivetti 22, os poucos ruídos do edifício se fundiam com o bater das teclas.

Hora nenhuma desejei escrever um romance, como não o desejei até agora. Contos também não me atraíam. Não queria narrar, queria falar sobre, falar de. E queria fazê-lo de uma forma independente de modelos. O que eu conhecia mais intimamente era um sentimento de solidão. Então este teria que ser o meu tema.

Vários anos depois, quando o livro saiu, foi recebido pela crítica como se fossem crônicas, talvez pelo fato de eu ser cronista. Não eram. Desde o início gostei de estruturas mais complexas.

Organizei o livro em dois planos narrativos paralelos. O primeiro capítulo é minha apresentação, como retrato 3x4 posto em documento. A partir daí, os capítulos pares são relativos a momentos presentes, enquanto os ímpares são autobiográficos e cronológicos, começando na África, onde nasci. A biografia termina em uma cena de *atelier* de gravura, ou seja, o ponto em que minha vida mudou de rumo, passando a acontecer no burburinho da redação. E o livro se fecha com o presente, sobre uma tarde de sábado vazia de vozes.

O que desejava, através dessa estrutura, era mostrar que a solidão se constrói desde o início, estejamos ou não acompanhados, e que desde o início nos acompanha. Lembro claramente que pensei o livro como se fosse uma dessas bolas espelhadas que giram nas boates – sim, como todo jovem eu ia muito a boates – deitando ao redor rápidos toques de luz. Queria toques, *flashes*, construindo o percurso de uma solidão.

Mas essa estrutura tão determinada, que eu quis discreta, ninguém percebeu.

Nem nosso querido Rubem Braga. Tenho uma carta dele de novembro de 1964 que começa assim: "Acabo de ler seu livro, gostei muito e não vou editá-lo". Rubem era editor naquele tempo, me conhecia e, sabendo que eu tinha um livro pronto, havia pedido para ler. Mas explicou a recusa: "pelo motivo muito melancólico que me parece um livro que certamente seria bem-recebido pela crítica, mas não tem interesse comercial", e me aconselhou a botar títulos em vez de números e ir publicando em jornais e revistas os capítulos soltos. Isso teria destruído a unidade que eu pretendia. E não segui o conselho.

Rubem, porém, conhecia o mercado. Só consegui um editor em 1968. O livro havia esperado quase cinco anos.

E agora, renasce.

Marina Colasanti

Introdução

Africana de nascimento, italiana de origem e brasileira por escolha, Marina Colasanti reflete, em cada palavra deste seu livro, a complexidade de uma formação intelectual quase absurda – viagens forçadas em meio a uma guerra que ela ainda nem entendia, estudos em duas línguas e duas pátrias, moradia em palácios e apartamentos mesquinhos, o contraste profundo do ambiente quase sinistro de um *atelier* de gravura com as luzes brilhantes e levianas de uma passarela de modas, uma vida introspectiva e solitária misturada à euforia gregária dos verões juvenis do Arpoador. Sua visão do mundo é dela só, mais desesperada e aflita do que jamais foi posto em livro, numa personificação assustadora do isolamento definitivo do ser humano. Através destas páginas, que se afastam da autobiografia apenas no sentido de que não pretendem contar a história de uma vida, mas somente transmitir a marca de uma solidão, há uma mulher jovem que caminha só, que viaja só, que trabalha só, mesmo quando há ao lado a ilusão dolorosa de outras proximidades, a sensação pérfida do afago fugidio. Em tudo a frustração constante do que fica enquanto vamos ou do que morre enquanto teimamos em existir. Insensivelmente, o carinho e atenção maiores da escritora se voltam para coisas materiais e seres irracionais, como quem busca neles a perpetuidade e a fidelidade perdidas para sempre nas inconstantes relações humanas. Nestas páginas, inúmeras vezes, uma pedra, uma planta, um animal, serão merecidamente trazidos ao primeiro plano por uma sensibilidade pungente que reflete sobre seres e coisas humanas num tom sem ira mas cheio de queixa, na visão eclesiástica que impõe o aumento da dor com o aumento do conhecimento e pede, em sofrimentos constantes, um preço extremamente alto para as menores ambições de nossas almas. Sem aparente intenção, *Eu sozinha* é um livro de extrema revolta contra o próprio Destino Humano, para o qual não há fuga senão a da estupidez e a da insensibilidade. Os pobres de espírito poderão não herdar o reino dos céus, mas deles é, certamente, a paz da Terra. Para os que, porém, por orgulho e insensatez, tentaram fugir às suas rígidas condições animais, de seres passivos nas guerras de um enredo incompreensível, o castigo é sempre o mesmo e aqui está melhor expresso do que jamais.

Eu sozinha é um livro clássico em sua simplicidade, onde quase não há artifícios de linguagem, onde o predicado segue a ação e a ação segue humildemente o sujeito da frase: nesta altura do ser humano não há o que esconder em frases dúbias ou retorcidas. É a deliberada e total singeleza de uma sinceridade que não pode ser calada, uma profundidade da qual não se volta, uma visão total da vida tão densa e tão precária, tão dorida e verdadeira que só nos permite dizer, angustiados, ao contrário de tantos outros prefaciadores – este é um livro que eu não gostaria de ter escrito.

Millôr Fernandes

1

JAMAIS HEI DE SABER a imagem que os outros têm de mim. Eu me conheço dos espelhos, das fotografias, dos reflexos, quando meus olhos param para se olhar e a diferença de ângulos impede criar uma dimensão real. Não sei os movimentos do meu rosto. Nunca me vi pela primeira vez. Tenho, de mim mesma, uma ideia preconcebida que alia o espírito aos traços fisionômicos e ao desejo de uma outra beleza. Criei, assim, uma pessoa invisível, mais real, para mim, do que qualquer outra. Dessa pessoa eu gosto. E, talvez por saber-me sua única amiga, ela me enternece profundamente.

Vejo um rosto oval, de maçãs altas, a linha fácil e cheia descendo até o queixo redondo, com uma doçura infantil. Os olhos grandes, plantados com sabedoria, são verdes, compridos, muito separados; toda vez que alguém busca em mim algo a elogiar, apega-se aos olhos, e ficou-me convencionado que tenho olhos bonitos. Entre eles, ocupando mais espaço do que o estritamente necessário, meu nariz é elemento básico para manter viva a ilusão de que, no dia em que resolver ficar bonita, será suficiente operá-lo. A boca, desenhada em redondos, tem o lábio superior pequeno e o de baixo cheio; divide-se, nítida, em luz e sombra, e somente os cantos virados para baixo a diferenciam de minha boca de menina.

Ao redor da cabeça pequena sinto o cabelo despenteado. Curto, desce em vírgulas sobre a testa, diante das orelhas e na nuca, deixando livre o pescoço. Sempre tive a impressão de um pescoço gracioso e longo, impressão provavelmente devida à magreza com que surge dos ombros, preso por tendões fortes, como se fosse um esforço erguer-se entre as omoplatas.

Vejo um corpo de garoto, os ossos largos e aparentes confirmando a boa estrutura. Nos meus braços, o sol desenha veias e músculos. As costas são mais estreitas do que deveriam. Os seios, promessa nunca concretizada. A cintura, pequena. Nos quadris e nas pernas, uma capacidade de força não solicitada. As mãos prendem-se ao punho sem hesitação, a palma é larga, os dedos fortes. Os pés são de pedra.

Quando me olho nas vitrines, de soslaio, tenho o passo seguro. Ando sempre rápida, um pouco por pressa, um pouco pelo prazer físico de sentir o corpo em ação, obediente e jovem. Gosto de andar, e o faço com cuidado, sentindo o balanço e o apoio, prestando atenção. Tenho muito amor a meus gestos.

Quase não pisco. Às vezes, a intensidade com que olho, querendo ver, dói-me nas têmporas. Quando estou sozinha nunca sorrio, mas sorrio muito, com prazer e consciência, quando em companhia.

Quisera ser mais frágil do que sou. E me orgulho de minha força. Meu rosto é antigo. Ninguém mais moderno. Jovem, tenho toda a minha velhice. A resistência me assusta. A liberdade me pesa. Não quero ser livre.

Gostaria de ser como os outros me veem. Ou que os outros me vissem como sou. Haveria, assim, uma única pessoa.

2

A LÂMPADA DA MINHA MESA DE TRABALHO é muito forte. Por isso esquenta.

No verão é pior. Já chego cansada da rua, tendo heroicamente sobrevivido às multidões da cidade, ao desconforto promíscuo do ônibus, às compras no armazém. Já chego esfalfada, e, ainda por cima, a lâmpada.

Primeira providência, ao entrar em casa, é acender a luz. Segunda, depositar os embrulhos – há sempre embrulhos. Terceira, abrir as janelas. Só então, tendo tomado posse do apartamento, penso em como preencher o que ainda sobra do dia.

Não parece, mas é um tempo enorme, o mais longo e difícil. Tenho que vencer a melancolia das vozes infantis que brincam na rua. Superar o pôr do sol. Atravessar a fome. E, por fim, enfrentar no espelho do banheiro minha cara de animal solitário que se prepara para o sono.

Há várias alternativas. Antes de mais nada, o telefone; posso sempre ser salva por um convite, ou pelo carinho de um interesse. Mas não convém esperar; o tempo que passa interpondo-se entre mim e a probabilidade de uma chamada aumenta a angústia do silêncio, e, afinal, a surpresa é sempre melhor, mesmo quando não de todo autêntica.

Posso também costurar. Sou uma excelente costureira, e aquele seguir-se interminável de pontos no pano ainda novo de goma me dá imenso prazer, resquício artesanal que é um de meus maiores tesouros. Quando costuro, entretanto, sou tomada por um ligeiro remorso de estar perdendo tempo, como se o tempo pudesse ser perdido.

Outra solução é ler. Porém, encurralada na poltrona do canto, entre a estante e a mesa, sinto o espaço diante de mim quase ridículo, grande demais para uma pessoa só, o que me obriga a parar a leitura de tempo em tempo, e medir o quarto, e escutar-lhe os ruídos. Melhor seria, talvez, o aperto da cápsula espacial.

Mas posso escrever. Isto, só me dá prazer. Subo no meu tapete mágico, e parto. O tempo não está perdido, o espaço é bom, esqueço o telefone. Parece haver tanto por trás de cada coisa que as palavras buscam; e eu escolho minhas palavras com amor, docemente atenta, para enfileirá-las, pontos de uma longa costura.

O sol da lâmpada esquenta meu braço direito, como um sol. O silêncio do prédio denuncia a noite. Subitamente o bater da máquina é um insulto aos que dormem: alguém não precisa de sono. Eu paro, delicada, com um respeito pelo próximo que o próximo não sabe, e acabo de escrever à mão, a letra suavizada pelo lápis macio.

3

DA ÁFRICA, NÃO LEMBRO QUASE NADA.

Tenho a visão de um muro alto e branco, manchado de cactos espinhosos, que terminava em ângulo agudo ao fundo de um jardim; e havia um poço. Sei que é a casa de Trípoli, e aquela menininha de dois anos que, na minha memória, cavalga heroicamente um velocípede, sou eu. Já não sei mais, entretanto, quais as coisas que realmente lembro, e quais as que, tantas vezes contadas e repetidas depois, reconstruí como verdadeiras.

Em Asmara, onde nasci, não havia água; o aguadeiro passava várias vezes por dia com seu precário carro-cisterna puxado a burro, e as mulheres compravam a água na porta das casas. As casas, me disseram, eram sempre brancas, com um terraço em lugar do telhado. Tenho, assim, da minha cidade, uma impressão quente e seca, de grande claridade, onde o silêncio se estica como um toldo sob o revérbero.

Tive padrinhos de batismo, mas não sei quem foram. O médico que assistiu meu nascimento morreu devorado pelos tubarões, num naufrágio próximo à costa africana; sempre vi nisso um prenúncio dramático do meu destino.

Nas fotografias tiradas naquela época, tenho a expressão atenta, os olhos muito abertos em constante curiosidade.

É provável que visse as girafas que na estrada de Asmara a Addis-Abeba cortavam o caminho do carro; mas, depois disso, vi tantas outras girafas em jardins zoológicos, que aquelas, livres e ondulantes, desapareceram da minha lembrança.

Meu pai me contou que um dia teve que atirar num macaco que ameaçava meu berço; eu, que escapei ao perigo, nem o pressenti.

Os dois cães de que me lembro são de Trípoli, e o uniforme branco que estava sempre ao meu lado era minha babá. Acho que fazia calor, porque não me recordo de frio. E é quase certo que ficasse sempre em casa, porque não guardo uma única visão urbana; anos mais tarde, quando estive em Casablanca, tive a impressão de já conhecer as ruas largas, o passeio junto ao mar, as palmeiras, as casas sem telhados, mas, tendo visto tantas cidades parecidas em cinema e fotografias, me foi impossível saber onde, o que via, era ou não o espelho de minhas lembranças infantis.

O que mais guardei foi o momento da partida quando, estourada a guerra, voltávamos para a Itália. Vejo ainda o cais do porto, a água do mar escura e encapelada, as ondas pequenas que se quebram quase sem ruído contra os flutuantes do hidroavião. Não lembro, porém, de gente ao meu redor, das despedidas, do embarque; minha última visão da África é a do hidroavião cinzento, pousado na água sobre as longas pernas, com as asas abertas e a hélice parada.

4

MEUS VIZINHOS COMEM CARNE ASSADA, que preparam, regularmente, às seis horas da tarde. Sei pelo cheiro: meus vizinhos usam muito alho. O refogar do feijão é neste condomínio, outra cerimônia doméstica da qual participo de forma tão íntima que é quase ativa.

Através do poço dito de arejamento, cordão umbilical que liga meu apartamento aos outros e me traz odores e sons, conheço a vida dos moradores deste prédio.

Sei, por exemplo, que a cachorrinha pequinesa do térreo se chama Gigi, e que atende na hora das refeições, ao bater do prato no chão. Em filhote teve cinomose, e foi uma sorte que Leica, a vira-lata do terceiro andar, não ficasse contagiada. Ainda não descobri quem é, na família ao lado, que tanto bate à máquina, apesar de saber, com certeza, que quem toca acordeão é o pai, pois pratica somente em dias feriados, nas primeiras horas da manhã.

Este edifício, triste, velho e pequeno, é, porém, "uma grande família". Como tal, as várias crianças dos vários andares brincam juntas e utilizam a escada – único espaço livre e comum a todas elas – como *playground*, chegando mesmo, não raro, a esquecer despojos nos degraus.

Em dias de festa – as festas também são comuns a todos os moradores – a porta dos anfitriões, deixada aberta, revela lá dentro, tronejando na sala por entre velhas tias, colegas de escritório, vizinhos e crianças, a brancura sagrada da geladeira, cofre-forte dos mais caros tesouros alimentícios.

Aos sábados, de tardinha, os do 301 saem em bloco, e só voltam à noite, bufando pela escada, na ânsia de chegar logo, tirar os sapatos e botar a menina para dormir. Em compensação, é domingo o dia de visitas para o misterioso casal que habita o 202, quando, pelo poço, sobem vozes enlaçadas como cordas, e a música estremece as escadas.

Há o cheiro do defumador que junta, à melancolia do entardecer, a saudade de misticismos perdidos; e o coral que nunca mais cantou, quem sabe uma briga separou as vozes. Há a paixão por futebol, naquele grito de gol que um rádio repete com violência; e a noiva do térreo que há anos namora no portão de entrada, e, se ainda não casou, pelo menos terminou o colégio, porque não a vejo mais de uniforme.

Com um estalo, a luz do corredor se apaga de súbito. Dois sacos de entulho, vigilantes como carabineiros, testemunham, no primeiro patamar, as obras que o casal de portugueses concluiu no ano passado, com muito sacrifício. Nas caixas de correspondência acumulam-se contas de luz e panfletos de propaganda; aqui ninguém recebe cartas. Elevador não há, porteiro tampouco.

Sempre, quando chego depois da meia-noite, o bebê do térreo chora. Eu subo lentamente, sentindo o sono dos outros pesado e compacto barricando as portas, e deixo o salto do sapato bater com força no mármore dos degraus, marcando o tempo da minha própria subida, para que alguém acorde e saiba que a moça do quarto andar está, mais uma vez, chegando tarde.

5

NO VERÃO SAÍMOS DA PRAIA muito depois das outras crianças e dos outros pais. A areia, no alto junto à estrada, queima os pés, e toda vez a corrida final cheia de gritos é a alegria que encerra a manhã.

Chegando à calçada sacodem-se as roupas, as toalhas, bate-se com força os pés no chão, em pequeno cerimonial do qual participa toda a família. Eu visto uma roupa leve, macia de muitas lavagens, abotoada na frente, clara. Nos meus olhos, o brilho da roupa. Sinto a pele áspera de sal. A água escorre fresca dos meus cabelos compridos, o vestido se cola sobre as costas e os ombros, segunda epiderme grossa e enrugada.

O calor parece nascer do chão. No sol a pino, quase não temos sombra.

O hotel não é muito longe; vamos a pé pela avenida que beira a praia – *lungomare* de parapeito de pedra e calçada larga – tontos de luz, calados no grande silêncio desta hora em que, nas casas, todos almoçam. O calor caminha conosco, os tamancos batem, iguais, nossos passos.

No fundo da avenida, a praia é dos pescadores. Os barcos alinhados sobre a areia, as velas recolhidas, as redes abertas ao sol para secar, dormem, parados, à espera de que a tarde traga o terral e possam fazer-se ao mar. Não se vê ninguém; nós somos os últimos.

Atravessamos a pracinha ensombrada de pinheiros. Respirando fundo como quem bebe, mergulhamos no ar subitamente leve, já aliviados do calor, já chegando.

No hotel almoça-se do lado de fora, num pátio rodeado de oleandros e coberto por um imenso toldo cor de laranja, ambiente fechado e aberto a um só tempo, onde os sons repercutem abafados. A luz é doce, de um suave ouro velho que pousa, como uma pátina, sobre os rostos queimados e brilhantes em volta das mesas. A fome, contida durante tantas horas, não é mais premente, mas funda, misturada ao cansaço, confuso torpor.

Há o cheiro de flores no calor, de peixe frito, de tantas pessoas vindas da praia. No ruído de pratos, talheres, vozes e chamados de garçons, meu corpo, mole de tanto sol, vai ficando vago, perde seus contornos, e eu continuo, ali, o longo boiar da manhã, com o mar nos meus ouvidos, num desejo de mar para o dia seguinte.

6

BOTEI UMA LÂMPADA NO MEU ESTÚDIO; não apenas a luz pendendo de um fio, nua e cortante, que transforma o quarto em figura geométrica, mas uma lâmpada amparada pelo suave amarelo de um abajur de papel, brotando sobre a mesa, e envolvendo tudo com o seu calor.

Já tenho companhia. O estúdio perdeu a primitiva hostilidade que me impedia de trabalhar; desapareceu o mistério das sombras.

Imagino este quarto finalmente pronto, acariciado por tapetes e cortinas, o vazio afastado pelos móveis novos, os móveis da minha imaginação:

uma mesa holandesa, de madeira escura, sólida no aspecto e no apoio; entre ela e o pano da cortina, apenas o espaço, ninho de pássaro para o meu corpo.

um sofá pequeno onde só caibam duas pessoas, assim mesmo um pouco encostadas, ou então eu mesma, encolhida e inconfortável, mas achando ótimo.

alguns bancos para os amigos que vêm raramente, e, quando vierem, detestem sentar nos bancos e sentem mesmo no chão, de costas contra a parede.

uma luz igual a esta de agora; talvez, mais tarde, uma lanterna de latão e correntes pendendo do teto, levando nosso olhar mais acima do que de costume.

o branco da parede aparecendo apenas por entre uma balbúrdia de molduras, que tenham o aspecto de acumuladas pelos anos; parede coberta de recordações de muitas e antigas proveniências, legados de família, testemunho de passados.

a estante cheia de livros, que eu tenha lido, alguns deles escritos por amigos meus, uns que tenham me custado uma fortuna, outros que eu tenha descoberto abandonados, empilhados ao fundo de uma livraria que todos conhecem mas onde ninguém soube achá-los.

potes de lápis, potes de pincéis, um pote de ferramentas de gravura.

espetado entre os livros, surgindo inesperado e luminoso como a flor que nasce no telhado: um cata-vento cor de laranja.

caixas; cinzeiros cheios de botões caídos e guardados, de níqueis revalorizados, de chaves já inúteis, de borrachas, pregos e tachas; revistas esparsas em ligeira desordem – tudo exatamente no mesmo lugar em que eu guardei, escondi ou esqueci, sem que ninguém toque em nada ou queira pôr ordem, sem que ninguém acredite em outra ordem que não a minha.

a prancheta, os papéis, a banqueta alta. E eu tranquila.

7

NA LARGA ESTRADA DE ASFALTO, minha prima, meu irmão e eu caminhamos para o rio. São vários quilômetros de distância, levamos em geral mais de uma hora para chegar lá. Mas o verão é intenso. Milão com suas diversões está longe, e não há coisa melhor a se fazer. Assim, todos os dias, depois do almoço, quando o corpo preferiria dormir, saímos em fila pela estrada, minha prima tomando conta de nós, meu irmão na frente, eu atrás.

O rio é escuro, gelado, logo fundo, vindo de longe com uma força que se denuncia, ao centro, no fazer e desfazer das grossas tranças da correnteza. As margens são verdes, bordadas, aqui e ali, de prados, de moitas, de chorões. Nós chegamos a ele de súbito, numa curva da estrada; é suficiente descer o barranco para sentir sob os pés a terra molhada.

Tiramos a roupa, o maiô está por baixo. Uma última corrida, depois a água quebra o impulso, os respingos brilham ao sol, as mãos esticadas para a frente tentam evitar aquilo que se busca: o frio, o mergulho.

No ar, os gritos vão límpidos, sem eco. É bom brincar na água, levantar os pés do fundo, deixar que a correnteza nos arraste um pouco enquanto a paisagem da margem anda lentamente, e, de repente, arriar os pés em brusca aterrissagem sobre um fundal novo. É bom subir rio acima, voltar ao lugar de origem, o corpo inclinado para a frente, a força d'água contra as pernas que avançam, firmes, passo a passo.

Temos a tarde toda pela frente. Podemos sair, deitar na grama, brincar de tourada com a vaca que pasta, amarrada a uma árvore por longa corda. Podemos brincar de esconder, de pegar, correr bastante para recriar o calor, e voltar a esfriá-lo n'água.

Como gostaria de saber nadar! Fico tentando no rasinho da margem, apoio as mãos nas pedras, bato os pés, largo as mãos, boio um instante, e afundo.

Um dia achei um pedaço de tronco bem grande; levei-o para a água, experimentei apoiar nele o corpo, dava quase para me sustentar, bastava, de tempo em tempo, um impulso com o pé contra o fundo. Desci o rio um pouco, depois reboquei o tronco, e tornei a descer. Fiz isso três vezes. Na quarta, exatamente quando precisava dar o tal impulso, uma cobra ergueu a cabecinha por entre as folhas a meu lado, olhou em volta, e mergulhou como um periscópio. Desisti do tronco para sempre.

A tarde que passa esfria o sol devagarinho. A sombra das árvores escurece o rio. Chega, sobre a água, um vento que arrepia o corpo; os lábios começam a tremer. Na margem, um menino vem buscar a vaca. Nós também vamos voltar.

A roupa, vestida sobre o maiô molhado, fica logo pesada e fria; os pés entram nas sandálias largas sem que seja preciso abrir fivelas. Subimos o barranco, estamos na estrada.

Vem do asfalto o calor do dia. Nossas sombras se alongam cada vez mais finas, até que o sol se põe, e não há mais sombras, só nós três que vamos para casa.

8

CHOVE. Uma das secretárias treina, em surdina, modinhas de carnaval. O chefe da seção escreve cuidadosamente, em letras de imprensa, com lápis vermelho, um recado importantíssimo; escreve e passa a mão sobre o papel para limpar os farelos deixados pela ponta macia.

As outras duas moças discutem fantasias; uma declara com orgulho indisfarçado que não pode ir ao baile porque não tem com quem deixar o filho de cinco meses, afirmação que atinge devidamente as solteiras. Alguém sugere que leve também a criança. Todos acham graça.

A um canto, na mesa pequena, o contínuo que não despiu a capa de plástico remexe na pilha de jornais dobrados diante dele; depois retira de sob a almofada da cadeira um pedaço de papel cor-de-rosa, desdobra-o, alisa-o com a mão, e embrulha nele uma fatia de bolo já embrulhada em papel vegetal; houve aniversário no escritório.

No chão, um taco salta com ruído toda vez que é pisado: taco perereca. As gavetas das mesas de aço, que se abrem ruidosas sobre os trilhos, deixam entrever mundos pessoais. Espelhos oxidados, grampos, um pente manchado de batom, comprimidos contra todas as dores, o copo de plástico, e um único brinco conferem um tom íntimo à borracha, ao lápis, aos elásticos. Ao fundo, bem fundo, entrevejo o pecado de uma calcinha azul tão transparente que parece servir apenas para manter unidas as rendas pretas e a flor de pano.

Pequenas etiquetas com o nome de cada um, presas com durex no tampo das máquinas, estabelecem direitos de propriedade. Os cinzeiros, os grampeadores, os blocos, tudo marcado. Na transparência azulada do peso de vidro lê-se o nome do chefe.

Há ruídos de máquinas, de arquivos consultados; as rodas de aço das cadeiras arranham o chão. Risos nervosos respondem a gracinhas primárias lançadas por entre frases de faturas, depósitos, e departamentos. Chega até nós o "desce" e "sobe" do ascensorista. Da rua vêm buzinas, o chiar dos carros sobre o asfalto molhado, o apitar de um guarda.

Vigilante, o retrato do Diretor-Geral nos observa da parede.

9

UM DIA, AS FLORES ENTRARAM EM MINHA VIDA. Não lembro bem como foi, sei que, antes, só existiam os oleandros. Flores das férias, cresciam por toda parte, na cidadezinha onde passávamos o verão, nas praças, nos jardins, ao longo das ruas, e na estação de trem. Seus galhos lisos e flexíveis pareciam cobertos de couro, pele de bicho; as folhas eram pontas agressivas. Mas as flores, brancas, rosa e vermelhas, desabrochavam em profusão, quase em cachos, e, sob o sol, enchiam o ar de um perfume intenso que ficou sendo para mim, desde então, o cheiro do verão. Quando lançadas do alto, as pétalas distribuídas em hélice faziam girar a flor, e eu ficava horas acocorada sobre a pilastra do portão, jogando os pequenos cata-ventos no ar, para vê-los descer rodopiando.

Eram estas as únicas flores que eu via; as outras me ficaram desapercebidas durante muitos anos, sem que me detivesse para olhá-las.

Morei em apartamentos, em casas com jardim, em sítios. Até que, um dia, vi as azaleias. Foi só porque chamaram minha atenção para elas, mas talvez justamente por causa desse impacto – as azaleias formavam naquele momento blocos enormes sobre o gramado – que eu passei a reparar.

Porque, depois, conheci as glicínias. Desciam de algum lugar, provavelmente uma varanda; apesar de trepadeiras, as glicínias sempre me deram a impressão de que descem ao invés de subir. Eu as via delicadas, com um leve mel – bom de sugar – nos pistilos e só muito mais tarde, já adulta e vulnerável aos lugares-comuns, liguei sua imagem ao Japão. Havia também os lilases. Estes não tinham nada de delicado, apesar do aspecto espumejante; os galhinhos secos e duros que prendiam os cachos quebravam num estalo, sem lascas, como ossos, e as folhas luzidias não tinham linfa.

Surpreendi as violetas no aparecer, quando apenas a folha redonda anunciava, sobre a grama, a próxima mancha de cor. Ajoelhada, o rosto bem próximo, espiei seu botão, e com as mãos em concha tentei abafar a luz, na esperança de que o miolo dourado brilhasse no escuro, flor-vaga-lume. Disseram-me que as margaridinhas selvagens enrubesciam de puro recato; sem acreditar nisso, passei, entretanto, a lhes atribuir dotes especiais de sensibilidade. O ciclame me assustava, lembrando com seu perfume intenso os lugares úmidos e escuros em que nasce. Sempre liguei à magnólia a ideia de flor carnívora.

Quando soube que das flores nasciam os frutos me enchi de espanto diante da primavera. Cada flor uma maçã, cada flor uma pera, e tantas flores que os galhos, quando tudo estivesse pronto, vergariam sob o peso, e não haveria árvore capaz de suportar tal abundância. Desde então, os galhos floridos de árvores frutíferas, postos em jarras, se me afiguram como imperdoável sacrifício.

E havia o campo. Em meio ao trigo, na trilha estreita feita pela sabedoria antiga de muitos passos, eu parava para olhar. As papoulas eram asas de borboletas, não deviam ser tocadas; se eu lhes soubesse a linguagem, os talos, tentáculos peludos, obedeceriam ao meu chamado. As hastes de trigo protegiam os miosótis. As pétalas douradas dos ranúnculos brilhavam somente pelo lado de dentro, na suprema vaidade de uma alma espelhada. E por vê-los sempre tão próximos, coloquei também na categoria das flores os pequenos pássaros que fazem ninho junto ao chão.

Sobre a extensão de neve, descobri um dia um "fura-neve". Nunca outra flor me encheu de tanto respeito.

Não existiam, em minha visão de infância, flores tropicais. Quando cheguei ao Brasil já era crescida demais para, com a surpresa, renovar o encantamento. E imagino, triste, o quanto perdi.

10

NO DOMINGO LONGO, sem sol, as horas se esgotam lentamente, sem alterar a luz, e eu, fechada neste apartamento, me sinto perdida no tempo.

Houve a manhã. Dia de descanso, despertei cedo, ciente da inutilidade de minha disciplina. Ninguém em casa. Todos os ruídos vêm de fora. O abrir dos meus olhos não alterou nada, e, mesmo no sono, eu já conhecia os ruídos, e a imobilidade das coisas. Tenho quase vontade de ficar na cama, parada, e deixar que o dia se acabe sem minha participação. Mas estou acordada, e levanto.

No espelho do banheiro, vejo meus ombros magros emoldurados pelo decote da camisola. Penteio os cabelos. Repito tudo o que já foi feito vezes sem conta, no triste ritual da casa vazia, onde nenhuma outra vontade se sobrepõe à minha. Abro a geladeira, deposito a garrafa de leite sobre o mármore da pia, e mais a manteiga, o pote de geleia, uma laranja. Esqueci de comprar pão, comerei biscoitos; o ar fresco dentro da lata é um agrado para a mão.

Não fecho portas, as janelas estão sempre abertas. A luz corre, de um a outro quarto, como se não houvesse quartos, mas apenas um grande espaço. O dia está no início. Eu, separada do mundo.

Com prazer e cuidado, desempenho tarefas domésticas que a empregada faria para mim na segunda-feira. De pé, diante da pia, desmancho o maço de espinafres que tirei da geladeira, jogo numa panela as folhas, que arranco uma por uma. Grandes, esponjosas, opacas, as folhas de espinafre sempre me pareceram orelhas de algum bicho, talvez elefante. Depois, o agrião: farei uma sopa. A água, o sal, o azeite – o filete logo espalhado em manchas redondas – e a tampa da panela. Está findo meu primeiro trabalho. Ainda é cedo.

Encero o chão da minúscula cozinha. No tanque, a água corre sobre a camisa que lavarei em seguida. Entra pela janela a sonoplastia das manhãs de domingo, feita de chamados, de rádios, do convite que duas vizinhas se fazem, na área lá embaixo, para irem juntas à missa.

À espera da hora do almoço, pego um livro, sento na poltrona, e tento ler. Mas é difícil. A todo momento, paro, olho para a frente escutando a vida dos outros, atenta aos passos que sobem a escada, e que, já sei, não se dirigem a esta porta. Recomeço a ler, e paro novamente, desta vez para olhar o relógio, na esperança de que já seja tarde.

Sem fome, preparo a comida. Enquanto as panelas borbulham, não tenho o que fazer. Rego minha planta, me encanto olhando a menina que, no apartamento em frente, brinca sozinha diante do espelho.

Sentada na mesma poltrona em que ainda há pouco lia, almoço com o prato quente na palma da mão. Não lavo a louça; pratos e panelas mal se veem no fundo da pia.

Sonolenta, sei que mereci minha sesta. Poderei agora dormir, mais de uma hora, para acordar, já tarde avançada, com o prazer de ter vencido metade do dia. Afundo no sono lentamente. As ideias se confundem num princípio de sonho, o corpo se faz pesado, e eu vou.

E quando volto, o prédio está em silêncio. Talvez tenham ido todos passear. Fiquei eu. A luz começa a esmorecer. Ouço, na rua, o barulho dos patins de uma criança, o grito de outra. Um carro buzina longamente. O enlanguescer da tarde me traz à janela, em busca de uma melancolia que justifique a minha.

Pelas brechas deixadas livres entre os prédios, tenho ainda um pouco de perspectiva; o olhar corre sobre os telhados das últimas casas, percebo a praça, sei que, não longe, está o mar. Do lado onde o dia acabou de se pôr, a noite ainda é clara.

Eu acendo a lâmpada, apanho um livro, e sento para ler.

11

EM DIA DE GAZETA, eu saía andando calma pela alameda das dálias, a caminho do colégio, fortalecida na ideia de que não iria a colégio algum. A alameda acabava num portão grande, de madeira, compacto como um muro, e, além dele, o jardim perdia subitamente o ar cuidado, tornava-se agreste, livre, cheio de espinhos e mistérios. O caminho estreitando, já trilha, seguia de um lado atravessando os campos em direção à cidade, e de outro, terminava numa cancela pequena e enferrujada dando para nosso próprio jardim.

Eu vinha pela alameda, toda sorrisos, acenando para minha mãe parada na porta de casa. Lembro bem das dálias; ainda gostava delas, naquela época, e o fato de parecerem de veludo tinha grande importância, pois cada vez que as olhava pensava: "parecem de veludo" e me enchia de admiração.

Chegando ao fundo da alameda, abria o portão que gemia de leve sobre os gonzos, e, ainda boa menina, acenava uma última vez para minha mãe. Mas assim que me via protegida atrás da parede, de madeira, perdia, como o jardim, o ar cuidado, e, como ele, me tornava livre e agreste. Era, naqueles momentos, de um cinismo estarrecedor.

O portãozinho de ferro, nunca usado a não ser por mim, era considerado inviolável. Nas minhas mãos deixava cair lascas sobre as folhas, e os dedos que se retraíam vinham manchados de ferrugem.

Eu caminhava então para a parte alta do jardim, onde tinha certeza de não encontrar ninguém. Sozinha, sorrateira, sem qualquer necessidade que não o gosto de me esgueirar por entre as plantas e fazer de cada tronco um pique, ia para a cerejeira selvagem, meu posto habitual.

A primavera avançada era início de verão. Nas árvores, os frutos ainda verdes pesavam roliços e lustrosos como pedras de rio. A cerejeira alta, copada, dócil de cavalgar e sólida ao vento, ficava no fundo da horta, com uma ampla visão do campo inimigo, quando tudo, ao redor, era campo inimigo.

Já não me lembro do que fazia com a pasta do colégio e com os sapatos. Recordo bem, entretanto, a imensa paz, enquanto, com as pernas penduradas no vazio, atravessava, serena, a tarde.

De um lado, no terreno do vizinho além do arame farpado, a plantação de milho ondulava dourada, e o homem que trabalhava, às vezes, naquele campo, parecia acompanhar seu movimento, silencioso ele próprio como uma planta. Do nosso lado, o verde intenso do bosque de abetos refrescava o ar. Nas morangueiras abandonadas, as lagartixas mexiam as folhas em busca de manchas de sol. Vinha de longe um cacarejar de galinhas.

Eu ficava quieta tanto tempo, que a natureza acabava por se esquecer de mim, e retomava seu ritmo habitual. Os pássaros chegavam mais perto. Pequenos animais continuavam suas escavações nalguma parte do tronco. Um dia vi uma cobra.

Aceita, eu parecia ajudar o amadurecer da vida, e o verão fluía então mais rápido.

Não lembro de sede, talvez houvesse uma bica por perto. Não lembro de fome, comia as cerejas selvagens. Não lembro de desconforto; a árvore tinha todos os galhos, era elefante, dorso de camelo, colo de mãe.

A tarde longa, eu descia para explorar o galinheiro, onde, uma presença sendo mais possível, havia o prazer do risco. Perdida a paz do alto da cerejeira, ficava novamente consciente do corpo, de seu deslocamento.

Nos ninhos mornos o ovo surgia, misterioso cogumelo, para ser roubado em ato de pirataria, e comido ali mesmo com um pouco de repugnância. Havia sempre passos súbitos, mais imaginados do que ouvidos, e fugas precipitosas em que, na ânsia de não deixar rastros, tropeçava em baldes e ferramentas. A árvore parecia, ao longe, um sólido refúgio.

A hora da volta chegava inesperada como um susto. Então eu descia, rápida, alisava os cabelos, inspecionava as roupas, arrancava fios de palha, e, os sapatos calçados sobre os pés sujos, refazia o mesmo caminho da vinda.

O portão gemia. Eu compunha no rosto uma expressão cansada de muito estudo, e caminhava para casa chamando minha mãe.

12

VENTA. A janela atrás de mim bate nos caixilhos, compasso desta noite de tempestade. Chegada a hora do castigo, todos os pecados borbulham no vento.

Rodamoinhos de folhas, pombas de papel amassado, ninhos de cabelos. Na rua, a dança. O mar à solta descompõe o cimo das árvores, ondas sem espuma. No alto, as coisas mais rasteiras e a poeira das praças, súbita nuvem, ameaça breve. Onde andam os demônios, nesta noite feita para eles?

Trancados em mim, espreitam atrás da janela. Não é deles a noite do medo. Nem deles, nem minha; é a noite da cidade.

Ninguém na rua. Sombras, mas não de gente. E ainda não chove. Lamentos, não meus. Carro nenhum. E a dança da fúria, solta, feroz e mais feroz, já cheia de estalos, quebrando seus próprios ossos. Haverá raízes à mostra amanhã de manhã; que ninguém se atreva hoje a presenciar a morte de uma árvore. Invertida a ordem, fará dos pés cabelos, o vento descompondo tentáculos há tanto sufocados pela terra.

Gemem as amarras da minha casa. Veio o cheiro do mar e a parede verde parece brotar em algas. As portas não batem, abertas, quebrei sua resistência.

No ar, a chuva que não chega. Um cão ladra na corrente,

os barcos se debatem no ancoradouro, a areia está cravada de âncoras. As nuvens refletem a luz desta noite cinzenta.

Não bastam os pais para acalmar as crianças, as casas não protegem, os vidros estremecem prontos à entrega, a eletricidade é um bem temporário.

Sem primeiras gotas, a chuva desaba. Lança-se sobre o chão, morde, resvala, ataca. Ouço-lhe a voz. Vejo a poeira dobrar-se e obedecer ao seu chicote, vejo os seres voltarem ao seu lugar. As árvores resistem, o vento ainda se opõe, ergue a lâmina da chuva, inclina-lhe o corte. Mas já as paredes atingidas se fazem mais escuras, as folhas brilham, e o asfalto corre para os bueiros.

Cessaram os uivos no meu quarto, apenas as cortinas ainda se enfunam. O ar de fora, hoje, é mais denso que o de dentro, e me aconchega. Que a noite passe. O castigo não é para mim, fabriquei minha arca.

13

AGORA DURMO NO SÓTÃO. Fui eu que quis, porque aqui é tudo branco, limpo, e só meu, porque aqui é o lugar mais alto da casa.

E hoje é Páscoa. Sei disso logo que acordo; o pensamento estava guardado desde ontem, me esperando. E desperto devagar, em silêncio, para tomar posse dele aos poucos, o corpo voltando a mim já em dia de festa. É Páscoa e a primavera chegou.

Imóvel na cama, acompanho com os olhos os riscos escuros que marcam a junção das tábuas do teto, descem e se encontram com o chão. O sótão é meia-água. À noite, no forro, ouço a correria dos ratos, mas o trinco da portinhola barra o medo, retém o mundo escuro do outro lado.

As cortinas vermelhas filtram a luz emprestando ao sol uma força que ele ainda não tem. É nessa luz que minha mãe entra, e põe o dia a funcionar.

Abertas as janelas, a luz não é mais cor-de-rosa, é branca, líquida, brilhante, a primeira luz do verão que virá. Os sinos tocam. Tenho três pinheiros, dois lagos ao longe, e toda a encosta florida. As colunas de fumaça que sobem no horizonte, lá onde, eu sei, a cidade é bombardeada dia e noite, não me dizem respeito.

Na rua, o sol esquenta docemente. Sai sem capote para poder, a todo momento, olhar a saia nova de lã grossa marrom feita com as calças de meu pai. As alças largas da saia sobem para os ombros amassando os pelos da suéter azul, de angorá. Os sapatos se recusam a ranger fingindo de novos.

Estamos atrasados. É difícil andar depressa com alguém me puxando pela mão, quando tenho que prestar tanta atenção em mim mesma, na roupa, no dia tão claro. E porque me sinto assim crescida, meu irmão não deixa de implicar comigo.

Os sinos pararam de tocar, na certa a missa já começou. Um puxão na mão, a cabeça vira, os cabelos saltam sobre o pescoço, a luz se parte em mil pequenos ruídos e as contas do meu colar fogem no declive da rua.

Meu colar lindo que aprisionava no vidro tantas bolhas de ar! Espalhadas, brilhantes, as contas ainda são mornas na mão que as encontra. Mas estamos atrasados. Na pressa, tenho certeza de que não as achei todas, alguma conta ficou certamente escondida entre as pedras. Nunca mais meu colar será tão comprido.

14

PELA PORTA ABERTA ENTRA A LUZ DA RUA, o barulho da rua; a rua entra pela porta formando um corredor de vida alheio à casa. A sala não tem dimensão.

Fechada a porta, a casa inteira fecha-se ao redor de si mesma, quatro paredes se erguem como a lona de um circo, e esta é uma sala dentro de uma casa. A força da porta fechada dá maior dignidade ao silêncio.

O silêncio da casa é feito dos barulhos de fora. Se tudo em volta se calasse, minha respiração seria ensurdecedora.

Ninguém me sabe à espreita atrás das venezianas cerradas, as pessoas que passam na rua, quase ao meu lado, não me imaginam sentada na penumbra desta casa tão imóvel. Não há sequer roupa estendida na corda; nenhum fogo foi aceso ainda.

Parada, penso que a poeira se deposita sobre mim como sobre um móvel, engolindo aos poucos o cheiro do corpo, abafando lentamente seu calor, enquanto tento tomar parte na casa vazia.

Os quadros claros são janelas na penumbra. As flores, que em busca de seiva sugam a água da jarra, têm a cor da sombra. Olho fixamente o relógio, fascinada pela imobilidade do seu movimento; na linha feita de muitos pontos, só vejo a linha. Quando chegar a hora, deixarei que o carrilhão toque, sem me surpreender, como se eu não estivesse aqui.

O tempo passa, enquanto a casa espera, paciente, o meu cansaço.

Os objetos, duros, guardam seus lugares.

Nada acontece de visível a não ser eu própria. Toda vez que mudo de posição, a almofada do sofá se incha viva, as molas obedecem ao peso. Humana, deformo as coisas ao meu feitio.

Lá fora, as pessoas que passam semeiam trechos de conversa; e eu me descubro sorrindo matreira como criança escondida em armário, já desligada do silêncio, sem prestar mais atenção ao vazio.

Estou mesmo cansada.

Subo a escada de madeira pisando bem no canto dos degraus para evitar rangidos. Através da janela, me despeço do pátio dos vizinhos. Depois deito na cama, à espera de que cresça em mim o alto capim do sono.

15

MEU PAI E MEU IRMÃO ESTÃO QUASE TERMINANDO de arrumar o presépio; mas falta o musgo, e me mandam buscá-lo, sem que eu encontre a coragem de dizer que tenho medo.

A noite chegando, não posso demorar. Sei que, no jardim tão grande, o musgo melhor é o que cobre o chão perto das morangueiras selvagens, junto ao bosque de abetos. Terei que atravessar o bambuzal, e não adianta correr, porque não teria fôlego para chegar tão longe.

Passo sem susto pelas hortas em terraços, ainda domésticas, que não escondem nenhum perigo. Mas o caminho faz uma curva, e, a partir daqui, ninguém mais poderá me ver. Vou andando rápida, tentando manter o passo igual, para ganhar segurança. No vento, não ouço outros passos.

A neve ainda não caiu este ano, e não há, sequer, no ar, aquela paz que a prenuncia. Faz frio. As nuvens se enovelam no céu, ameaçando engolir, num rodamoinho, o que resta da luz; tenho que chegar antes.

Os bambus, ao meu redor, se fecham porosos, sob os pés, as folhas estalam secas, fofas de muitas camadas, vivas de todos os bichos. E, logo, a madeira da pequena ponte ecoa fundo, denunciando minha passagem a tudo que estiver à espreita. Tenho que andar mais depressa.

Entre os muros de fícus, estou desprotegida; mas meu casaco é escuro, e, quem sabe, se confunde com esse verde. O cipreste ondeja sem ruído. O bosque de abetos, parado, me espera com seu silêncio.

Cheguei, é aqui o lugar. Sou obrigada a parar, tirar as luvas, e ficar abaixada, de costas para tantos perigos. Os cabelos descem nos lados do meu rosto, fechados como cortinas; não posso afastá-los, estou com as mãos ocupadas. De cócoras, os ombros quase tocando os joelhos, a cabeça baixa entre os braços, me fecho sobre mim mesma, ostra de medo.

A faca solta o musgo do chão, em fatias gordas, macias por cima, ásperas por baixo, medusas de muitas raízes. As mãos ficam frias rapidamente; não tenho tempo de esfregar uma na outra. E o terror aumenta à medida que vou acabando meu serviço, como se só o dever me protegesse. Ouço mil ruídos, vejo mil vultos. As árvores crescem na escuridão. O vento geme. O muro dos abetos avança compacto. Nenhum socorro.

Volto. Não devo correr; se o fizer, cairão todos em cima de mim, com tantas mãos. Tenho que andar devagar como vim, controlando os passos, evitando olhar para trás, onde tudo se esconde. E venho vindo rija, na minha lenteza que é contenção do pânico.

Passo entre os fícus, atravesso a ponte pisando de leve para não chamar a atenção, quase escorrego sobre as folhas. Mais um pouco; só mais um pouco. Cada árvore me diz que estou chegando perto, que estou quase chegando. O caminho faz uma curva: vejo as hortas que descem em terraços, e, adiante, a casa. Agora posso finalmente correr, mais rápida do que tudo.

16

O ÚNICO MOVIMENTO que traz alguma modificação à casa, quando chego, é o abrir e fechar da porta. Isto porque rompe os blocos de ar que, compactos, ocupam os quartos e parecem sustentar-lhes as paredes. Assim, geométricos e definidos, estes blocos me intimidam, verdadeiros donos do apartamento. Neles, eu me movo com o silêncio de um navio.

Comecei querendo ter disciplina, e levei muito tempo antes de perceber meu erro. Só mais tarde vi que, não podendo brincar de vida como os outros, melhor era o desprezo completo por seus hábitos. Assim, hoje, chegando em casa ao meio-dia, sem som nem aviso, me pareceu ser um bom momento para dormir. Especialmente porque, não tendo comido, estava um pouco sonolenta. Comeria depois, na hora em que os outros dormem.

A noite é, para mim, fenômeno de fácil fabricação; basta, como para os canários, cobrir a cabeça. Enrolo um lenço sobre os olhos, sufoco a respiração sob inúmeras almofadas, e é meia-noite.

Enquanto ando para o sono, um longo, longo caminho, penso com prazer que há tantas coisas por fazer, e nada me obriga a fazê-las. Era outro dos meus erros, este de achar que estava sempre perdendo tempo, que devia fazer coisas, aproveitar as horas, desgastar as energias; um erro que enchia meus dias de remorso a cada momento perdido, a cada viagem de lotação em que eu não lesse pelo menos o jornal. Agora não. Descobri, com prazer, que não tenho compromissos com ninguém e coisa alguma, sobretudo comigo mesma, e que, se tenho, são justamente o de não fazer nada, de dormir o mais possível, de encher a vida de repouso. Durmo, acordo, nem levanto. Ninguém me chama. Os que exigem coisas de mim não têm esse direito.

Em meio ao sono, um sono fundo e leve como uma tonteira, me chega um som. Na rua, um garoto chuta uma lata. O som se repete com insistência, e já não estou mais dormindo. Imagino o prazer brincalhão de pegar uma espingarda, chegar à janela, e fazer pontaria com cuidado, enquanto a lata salta de uma calçada à outra, ricocheteando nas paredes. Fazer a pontaria, com cuidado, na lata. Ou no garoto. No garoto, certamente. Absorvida pela ideia, nem percebi que o som parou. Não ouvi nenhum estampido; na certa recolheram o garoto para o almoço.

17

MINHA AVÓ DORME A SESTA; não devo fazer barulho.

Na casa, nada se mexe. A empregada foi para o quarto deixando a cozinha vazia. Só eu não tenho sono.

Da janela não vejo movimento. As lojas ficarão fechadas até quatro horas. O caminho para a Piazza Navona está quase deserto; as poucas pessoas que passam, tangidas pelo barulho dos próprios passos na rua vazia, têm um ar furtivo. Não ouço carros.

Se ando, as velhas tábuas do assoalho estalam sob meus pés. Na biblioteca, os livros vivem sua longa vida, sem tomar conhecimento da minha presença, e as plantas, no sarcófago de pedra, empurram as raízes terra adentro. A sala de jantar é fria; campânulas de vidro protegem bonecos de cera de uma poeira inexistente, o *blackmoor* olha para a frente, o cetim roxo do sofá capitonê não tem marcas. Tento me esgueirar atrás do biombo de seda bordada, mas, do teto, a dama do afresco me segue onde quer que eu vá, e prefiro sair.

Abro com cuidado a porta do salão. As cortinas de gaze ondejam de leve, minha imagem nos espelhos antigos é reflexo de lago, há um tilintar breve de pingentes: o salão também dormia. Recuo, fecho a porta com precaução, quase pedindo desculpas.

No quarto ao lado do da minha avó, nada indica sua proximidade; ela não faz barulho quando dorme, não ressona, não suspira. Entretanto, sei que ela está ali perto, tão perto que, quando acordar, notarei imediatamente.

E começo a brincar, sem um ruído. A enorme poltrona de veludo é o meu trenó. Na grande noite que fabriquei debaixo da manta, deslizo sobre a neve, atravessando a imensidão da estepe. Os cavalos correm, ouço o estalar do chicote, sinto as crinas abaixar e levantar como cristas de ondas. O trenó sacode meu corpo enlanguescido. Os lobos uivam pressentindo a vítima. Há muitos dias que viajo, e é sempre noite; logo, desmaiarei de cansaço, e cairei do trenó, sem que o homem que o conduz se aperceba.

Não fosse a oportuna chegada do meu amado, eu seria estraçalhada. Ele, porém, chega, me salva, e, agora, os braços da poltrona são seus braços que me carregam, desfalecida. Põe-me no trenó, sou aquecida, bebo algo forte, e volto a mim. Mas a partir deste ponto não sei mais continuar a brincadeira, não sei o que fazer da viagem, e também não quero chegar. Então, recomeço. Na noite, o trenó me sacode, e os lobos uivam sob a luz enquanto eu atravesso a estepe.

18

BEM QUE O RAPAZ AVISOU quando me deu a ficha: "Vai demorar um pouco...", mas não perguntei quanto seria este pouco, e cá estou, plantada, há horas.

Consegui uma vaga no canto, junto ao balcão, de costas contra a parede. Ao meu redor, pessoas desconhecidas, próximas por um momento, esperam de pé, no mesmo lugar em que pararam ao chegar. As mãos protegem pedaços de papelão com números de chamada. Embrulhos e bolsas determinam a inclinação dos corpos.

Há muitos velhos; imagino que, nas famílias, sejam sempre eles os escolhidos, por terem mais tempo vago.

Fazem-se conversas. Um rapaz vestido de escuro tenta consolar o vizinho que se queixa da demora, afirmando estar ele próprio ali desde manhã cedo. Uma senhora de sotaque estrangeiro conta a todos não ser dela a culpa – que paga sempre em dia! – mas do filho advogado, em viagem de negócios ao Sul. Do fundo, um cavalheiro bem-humorado promete uma gorjeta ao funcionário, se chamar o número dele.

Impassível, ciente de sua superioridade, o funcionário fuma. Roda de leve a cadeira giratória, inclina a cabeça para trás, estuda o teto.

A intervalos, um contínuo chega com as contas vindas do âmago da seção. Os olhares se fazem então mais atentos. Há uma última tragada bem lenta, depois o cigarro é depositado na quina do balcão, a cadeira volta à posição normal, e a mão se estica para a pilha de papéis cor-de-rosa. Antes de gritar o número, o funcionário examina longamente as expressões ansiosas diante dele.

O lugar dos que saem é ocupado pelos que chegam; os rostos são todos parecidos. Sob as arcadas, a massa dos sons ondeia compacta.

O funcionário fuma, pés se movem sem riscar o chão de mármore, pernas alternam sua obrigação no apoio do corpo. As horas têm a mesma duração.

O cafezinho servido atrás do balcão aumenta a minha fome: há muito, perdi a hora do almoço. Várias pilhas de contas cor-de-rosa vieram e se esgotaram. Conferi meu cartão com cada número chamado. E já não lembro a pressa com que cheguei.

Exasperada, fecho o rosto para tornar pública minha indignação. Mas ninguém me olha; cada qual interessado apenas na espera que lhe pertence, em seu tempo que se esvai.

19

NO FUNDO DO SÓTÃO, lá onde, por alguma exigência arquitetônica que desconheço, há um pequeno quarto luminoso protegido por traves cruzadas, instalei meu Museu de História Natural.

Consegui, emprestada da minha mãe, uma velha escrivaninha, antes mesa de jogo, que guarda, no tampo, resíduos de pano verde; foi preciso calçar-lhe as pernas com papelão para que não bambeasse sobre o chão desigual, mas agora serve ao seu uso. Na gaveta guardo o Registro.

O Registro, enorme caderno coberto de encerado, livro de contabilidade encontrado entre os trastes do sótão, dá, basicamente, para conferir ao Museu um tom organizado que o aproxime da Seriedade Científica. Nele, são catalogadas todas as peças do acervo, com data, lugar de origem, e breve descrição: "Besouro – 12 setembro – buganvília do terraço – três centímetros, carapaça preta com manchas azuis esparsas, antenas".

Com o porteiro obtive um imenso caixote, provável embalagem de geladeira, que, com a colocação de algumas prateleiras, transformei em armário. Ali ficam as garrafas onde as cobras se enovelam em álcool, os passarinhos empalhados, os insetos protegidos nas caixinhas de fósforos, as conchas.

Acima do armário, numa caixa de boneca com tampa de celofane, pendurei minha coleção de borboletas. Não há outros enfeites nas paredes.

Enfiei dois vergalhões nos furos dos tijolos sem revestimento, para que sirvam de suporte a um pedaço de mármore: é a mesa operatória, onde esquartejo as salamandras mortas oferecidas em buquê pelos amigos de meu irmão, onde secciono o coração dos peixes, e substituo com palha as entranhas dos passarinhos.

Tenho uma cadeira para mim, diante da escrivaninha. Gostaria de ter também uma poltrona para os visitantes, se viessem.

Nas tardes quentes das férias, subo ao sótão empunhando a chave que é só minha. Há um último lance de escadas; depois, a porta. Logo fechada, ela impede a luz de se misturar com a sombra pastosa que ferve sob as telhas, cortada, às vezes, por fios dourados vindos das frestas.

As traves se entrecruzam, do teto ao chão, gigantesca teia que é preciso transpor levantando as pernas, abaixando a cabeça, e apoiando as mãos com cuidado para evitar os ninhos de poeira. Tudo estala debaixo do grande sol. Os cantos guardam poços de escuridão nunca sondados.

Eu avanço lentamente nessa estranha floresta da qual sou o único habitante humano. E, à medida que me aproximo, um cheiro de morte se mistura ao cheiro do pó e do abandono: são os passarinhos do Museu, que, precariamente embalsamados, não resistem ao verão.

20

À NOITE, LEVANTO MIL VEZES. No silêncio quente do quarto, onde o ar não se move e paira ao meu redor denso como água, acordo de súbito.

Ninguém me chamou. Lá fora, a noite parece mais calma com o avançar das horas; na amplidão das estrelas, a lua é desnecessária. Mas eu chego de longe e venho assustada. A sombra negra, a meu lado, demorou a se afastar e adquirir, novamente, sua forma de poltrona. Ainda há pouco, o abajur do canto parecia debruçar-se sobre mim. Tudo me olha, tudo me sufoca, a maldade espreita meu sono.

Tenho sede. A sede é uma desculpa sempre válida para levantar, interromper o sono, afirmar a mim mesma que dormia apenas, uma tácita esperança de continuar lembrando, no sonho a vir, a calma da casa, a paz da noite.

Levanto decidida, obedecendo ao cerimonial noturno que só a mim pertence. Não calço chinelos; os pés acordam melhor sobre o assoalho. A luz da geladeira ilumina a cozinha, foge através da porta aberta. O apartamento está desperto comigo em meio ao sono de todos. O bafo frio que me ataca é a medida do meu próprio calor. Nos olhos, uma visão colorida de pratos e rótulos. A mão conhece o peso da garrafa, sabe a consistência molhada do vidro, e prepara o corpo todo para o prazer.

A água gelada enche a boca, aprisiona a língua, empurra os dentes, encostada à curva do paladar como um bloco. Retê-la seria estragar o gosto. O corpo se divide em luz. Um, dois, três goles fundos. Mais do que a sede, a vã tentativa de repetir a primeira sensação.

Bato a porta da geladeira com estrondo. A luz da cozinha é novamente a da noite que entra pela janela, e se liga, igual, ao quarto e à sala. As cores desapareceram.

Nada se esconde debaixo do lençol embolado. O travesseiro guardou a marca da minha cabeça. A roupa dorme sobre a cadeira. Sei que volto, mas não há outra alternativa, e busco, na entrega voluntária, um ato de coragem. Acordarei outras vezes durante a noite, sem noção de tempo. E, cada vez da mesma maneira, irei à cozinha beber água, trégua justa e merecida nesta longa batalha, pausa que me obriga a tomar conhecimento daquilo que escondo no fundo da consciência.

21

A CASA É GRANDE, o jardim, ao redor, imenso. Vi a casa uma vez do alto do Corcovado, e só então percebi quanto era isolada, a mancha negra da mata, mais escura que a noite, vindo desmanchar seus contornos quase a meus pés. Somente no centro, onde eu sabia ser o pátio, uma lâmpada acesa.

A partir daquela noite, tive sempre, vívida, a noção de mim mesma ao lado da lâmpada, em meio àquele enorme mar de escuridão.

Na casa eu moro com meu irmão, e, às vezes, com meu pai, quando vem da fazenda. O casal de empregados que dorme no andar térreo desaparece tão completamente, logo depois do jantar, que parece partir. Não considero a lavadeira pessoa que more conosco; escura e silenciosa, caminha pelos corredores denunciada apenas pelo pano branco da cabeça, e, em tantos anos, nunca a vi no andar superior.

A casa começa, no térreo, pela cozinha imensa, onde o fogão cheio de chaves e cromados é locomotiva doméstica, e as panelas borbulham lentamente na calma da tarde.

A sala de refeições dos empregados tem muitas cadeiras, já inúteis, ao longo da mesa comprida. Há uma mancha de ferrugem no bojo da pia. O sol que entra pelas janelas sempre abertas se reflete, mortiço, nos espelhos da cristaleira vazia.

Atrás da portinhola de rede, a despensa é gruta cheia de mistérios; as garrafas mais preciosas na escuridão.

Há o barulho da água nos tanques da lavanderia, e um cheiro de sol que os lençóis devolvem sob o ferro quente.

No corredor comprido, muitas portas, antes quartos de empregados; algumas, fechadas a chave, protegem malas esquecidas.

Não creio que haja nada guardado no cofre-forte ao fundo do corredor, mas a porta de aço mantém a antiga dignidade.

Há grades em todas as janelas. Todas as janelas têm gerânios floridos.

Para chegar ao primeiro andar sobe-se uma escada interna fechada por uma cancela de madeira. A enorme porta da entrada principal, que, na frente da casa, dá para este andar, tem o trinco reforçado por uma corrente grossa entre os batentes de vidro e segura por um cadeado: raramente se abre.

É aqui que eu fico, quase sempre só. Meu irmão passa os dias na rua, meu pai aparece esporadicamente, em visitas breves, os empregados sobem apenas nas horas das refeições e da limpeza.

A cancela de madeira dá para a copa, a copa se abre sobre o pátio interno.

Ao centro do pátio, a piscina é verde e escura; parada, se encrespa ao fim da tarde, quando as andorinhas roçam o peito n'água em rápido mergulho. A camada de cima é quente, a de baixo fria, o fundo coberto de limo. Nos quatro cantos, os sapos de bronze não cospem mais água.

A galeria que corre ao redor da piscina se abre em arcadas: colunas sem elegância encimadas por capitéis pretenciosos recortam o sol e a lua, em sombras, sobre o chão de mármore.

De um lado a sala de jantar, do outro os salões, nos dois restantes, os quartos. Destes, usam-se o meu e o do meu irmão, ligados por um arco. Quando meu pai vem, abre-se também o quarto dele. Os outros estão, na maioria, fechados a chave, fora alguns comunicantes que, sem móveis, se alinham vazios como corredores.

Na sala de jantar, só vou para as refeições.

Filtrada pelas venezianas, a luz dos salões dilui minha imagem nos espelhos. Sento nas poltronas, ando descalça sobre os tapetes. Sozinha, participo de grandes festas, danço, canto, sou muito bonita.

Nas tardes de verão, quando tudo parece parado à espera da noite, eu atravesso a casa lentamente. Não abro janelas. Olho nos quartos em penumbra coisas que já conheço. Depois, subo ao terraço. Um pouco intimidada por tanto céu, vejo de um lado a lagoa, as ruas, os carros e as pessoas; do outro o interior da casa, a piscina parada, as colunas, o chão de mármore. E sinto a vida toda deste lado.

22

NO ÔNIBUS VEJO COISAS TERRÍVEIS.

O polegar da aleijada é preso à mão apenas pela pele ligeiramente amassada, sem osso, como os braços das bonecas de pano em que a fazenda é pespontada no lugar da articulação. A mão apoiada num embrulho, o dedo balança, morto, a cada solavanco. Mas as unhas são compridas e esmaltadas de vermelho vivo, e, no anular, a água-marinha sem brilho cobre toda a falange.

O dente de ouro da japonesinha cintila.

Uma mão cheia de anéis levanta-se para puxar a alça do sutiã que escorregou no ombro fofo.

Vestido de cinza, a gola do paletó amarelada junto à echarpe de lã sobre o pescoço, o chapéu calcado no crânio luzidio, o cavalheiro viaja mansamente. Fechou a janela logo ao chegar, e agora, através do vidro sujo, as ruas são densas de poeira. No seu colo, uma pasta, um pacote, e as mãos brancas defendendo ambos. O ar lhe falta. Sem que o olhar seja desviado da paisagem, as mãos abrem o fecho da pasta: o tubo de borracha desenrola-se, o aparelho de inalação é retirado de seu invólucro. A boca sem lábios descobre dentes compridos e amarelos, o chiar do aparelho confunde-se com a respiração ofegante. Terminada a operação, tudo volta a seus respectivos lugares, o pacote e a pasta novamente defendidos pelas mãos brancas.

Duas velhas e uma criança enfrentam a difícil empresa de saltar. Os degraus são altíssimos, a porta é apenas uma fresta, e, na rua, os carros esperam com ansiedade assassina.

Em silêncio, a senhora luta contra o tempo. Mas os cabelos oxigenados não conseguem esconder o elástico cor-de-rosa que, passado ao redor da cabeça como uma fita, repuxa as rugas sob a camada de maquilagem. E as orelhas, forçadas, se encrespam sem oferecer resistência.

O homem que dorme inclina-se perigosamente para a frente, tem um sobressalto, acorda, torna a dormir.

As cabeças aquiescem, iguais.

Fechado pela paralisia, o olho do velho é mantido aberto por uma engenhosa armação de arame, apoiada nos óculos. Às vezes o equilíbrio precário é destruído por um solavanco mais forte, a pálpebra mole escapa às garras de ferro, o olho se fecha. Então os óculos são retirados, e a armação de arame, amparada na palma da mão, é recolocada cuidadosamente.

23

ENTRE TANTAS PORTAS IGUAIS sob as arcadas da galeria, uma não dá para um quarto, mas se abre sobre o patamar de uma escada: a escada do terraço.

Descendo, chega-se, no térreo, ao salão de bilhar, antes lugar de reuniões gerais, agora depósito de móveis vindos de outras casas. Uma porta, ligando este salão ao longo corredor dos empregados, facilitava o movimento, em tempos de muito uso.

Mas, raramente desço; minha meta preferida é o terraço.

A escada sobe, a princípio escura, mais clara a cada lance pela luz viva de uma claraboia, no alto. Três cancelas de madeira, que impediam a fuga dos cachorros quando os havia, servem como marcos para a minha subida. Dos cachorros, a escada guardou o cheiro, talvez entranhado na pintura grossa das paredes que, nalguns lugares, se desprende em bolhas, como uma casca.

Sempre, quando fecho a porta atrás de mim, e vou vencendo os degraus em direção à luz, sinto crescer a ansiedade, expectativa do prazer que já conheço.

Um último lance, claro e quente, depois o quartinho pequeno, o cheiro de estufa que o sol fabrica atravessando os vidros. O portão de ferro resiste com um gemido, eu saio, e cheguei.

O céu! A liberdade! Ninguém me vê, ninguém sabe, sequer, que estou aqui.

O terraço enorme cobre toda a casa, aberto, ao centro, para deixar livre o pátio. Vários níveis, obedecendo ao pé-direito dos quartos e salões, modulam, com escadinhas e degraus, a extensão de cimento; posso graduar minha visão. Sei que, de determinado lugar, verei a copa fechada das mangueiras e dos pés de jambo, mas que a palmeira-imperial ainda estará mais alta do que eu, oferecendo apenas o verde mais tenro das folhas de baixo; basta porém subir um pouco mais alto do que ela esteja de frente, e se eu subir mais ainda, ao ponto mais alto do terraço, ficarei à altura do bem-te-vi pousado sobre o espigão.

Falo sozinha, sem pudor, pois não posso ser ouvida; ao ar livre, minha voz ganha grandeza. É bom rir sem motivo.

Corro, paro de repente, ando devagar olhando para cima, olhando para os lados. Depois deito no chão, com os olhos abertos para o céu. O azul sem fundo se dilui em tantos pequenos pontos de azul, que preciso abrir bem as mãos sobre o cimento, para saber que não estou flutuando.

Ao meu redor, a floresta espumeja, imóvel; sob as árvores, não vejo a terra. O Corcovado se ergue atrás de mim, surgindo, cinzento e nu, de dentro do mato; o Cristo, no alto, é ponto de referência para que eu possa calcular a velocidade das nuvens.

Debruçada no parapeito, olho para dentro do pátio, que, visto de cima, cercado de paredes pelos quatro lados, é uma grande caixa sem tampa. Olho longamente o mármore colorido do chão, em que já não reparo quando ando. Olho os jasmineiros dos cantos, o verde veludoso da piscina, os sapos de bronze. Ouço os sons; os cheiros chegam até mim. E quase me vejo, eu própria, sentada quieta, no sofá de vime da galeria.

24

A DECREPITUDE DO PRÉDIO SUJO se evidencia logo, no mármore esbeiçado dos degraus da entrada, no longo corredor sombrio que, em muitas voltas, conduz à gaiola do elevador. Diante do portãozinho de grade, a moça parada não dá sinais de impaciência, acostumada à espera. O elevador antigo marca o compasso de sua marcha com o ruído das correntes enroladas no fundo do poço. Depois dos primeiros degraus, a escada some na escuridão sem lâmpadas e sem janelas. O fotógrafo que busco é no terceiro andar.

Na sala estreita cheia de retratos, um anão, sentado na cadeira esculpida das poses de formatura, balança os pés no vazio enquanto espera que o fotógrafo acabe de cortar seus retratos. Seus dedos brincam com o cacho branco de uma apara de papel.

Sorrisos me atacam das paredes. Entre tantas caras desconhecidas, descubro subitamente a imagem de uma amiga, remota como se morta, na falsidade das cores e da expressão. Numa mesma moldura, seis cabecinhas de criança revelam a obsessão afetiva dos pais. Jovens militares de olhar sério prescrutam futuros gloriosos. Moças sorriem, sedutoras. Noivas arrastam caudas com a superioridade de quem está a salvo. Cabeças flutuam irreais sobre fundos diluídos pelos refletores.

Já de pente na mão, diante do espelho, decido não me pentear. Subo no estrado, nem me encosto no espaldar da cadeira. Gostaria de ter no colo uma bolsa pequena, para segurá-la com as mãos, e que aparecessem depois na foto, as mãos e a bolsa, testemunhando meu desconforto.

O sorriso envelhece em meu rosto; imagino que, debaixo do pano preto, minha expressão, vista através da lente, se deteriore rapidamente. Tento pensar em outras coisas, sorrio, fico séria, e... pronto! Na certa saiu horrível. Encomendo logo uma dúzia de cópias, sabendo que as perderei antes de utilizá-las todas.

Quando volto para buscá-las, na semana seguinte, não há ninguém esperando o elevador, sinal de que acabou de subir. O homem que limpa o mostrador de latão olha para mim – "Também, não limpam há cinquenta anos..." – se desculpa, e continua limpando. Os números brilham sob a palha de aço, mas as partes rebaixadas protegem cinquenta anos de sujeira.

O elevador chega, o homem se afasta para deixar livre a passagem, o ascensorista me olha numa interrogação.

– Terceiro.

– Se vai tirar retrato não adianta. Está fechado.

– A esta hora?

– A esta hora, sim. O fotógrafo morreu.

– E meus retratos?

– A viúva está aí, fala com ela.

De costas para a porta, a viúva arruma papel numa gaveta, à procura das fotografias da moça loura que espera sentada no sofá. Abre um envelope, olha – "A senhora teve sorte, suas fotografias ficaram prontas". Carimba as fotos atrás com tinta verde – "Se a senhora precisar de mais fotos pode vir, nós guardamos o negativo; fica mais em conta". O telefone toca, ela se levanta para atender. Em seu pulso, um relógio de homem.

"Sinto muito, não estamos fazendo mais fotografias... Por enquanto... O fotógrafo faleceu... Uma coisa súbita... Obrigada... Boa tarde." Volta à cadeira, e, agora com meu recibo na mão, vasculha novamente a gaveta cheia de envelopes, me estica um – "Estão prontas; a senhora teve sorte".

Na rua cheia de sol, eu paro um instante ao lado do portão, para olhar meus retratos.

25

A PRINCÍPIO CHOVEU COM FORÇA, em pancadas violentas que me obrigaram a fechar as janelas do quarto. Sentada no sofá de vime da galeria, fico vendo a chuva cair na piscina, formando bolhas densas que se rompem num som cavo. O cimento da parede oposta a mim, molhado, vai ficando mais escuro. A um canto, as flores do jasmineiro, derrubadas pela violência dos pingos, cobrem o chão. E, pela larga abertura do pátio, vejo as pontas de três pinheiros que se agitam contra o céu.

Mas a fúria passa, e, agora, chove bem de mansinho. A tarde chega ao fim mais rápida, ajudada pelo mau tempo. Sobe, aos poucos, o cheiro denso da terra, dos troncos, de tantas tocas invadidas pela água. Quero ir ao jardim!

Visto uma capa, ponho um par de sapatos velhos; e desço.

O capim, assim molhado, parece mais alto; a terra encharcada rincha sob minhas solas de borracha. Perto da porta dos fundos, a dormideira que se alastra em moita rasa está fechada; o peso das gotas foi suficiente para as folhas que reagem ao mais leve toque. Os grilos cantam no ruído suave da chuva. Os raros trinados dos pássaros vêm abafados da umidade quente dos ninhos.

Debaixo das árvores quase não chove; somente, às vezes, o vento sacode os galhos em súbita ducha. Dos montes de folhas secas que queimam lentamente, a fumaça se escapa uniforme, como um suor.

Vim para a escadaria de pedra que leva ao laguinho; o pé tateia em busca dos degraus sumidos sob o mato, mas, descobertos os primeiros, aprendo seu ritmo, e não preciso mais hesitar. Na água escura, os girinos ondeiam a cauda, alheios a qualquer modificação da superfície. Pergunto-me onde irão parar todas estas rãs: se na boca dos peixes, no bico dos pássaros, ou, salvas, no capim que engole as bordas do lago. O sapo gordo, parado junto ao meu pé, espera.

Sobre seu dorso, uma gota de chuva, minúscula lente, amplia desenhos estranhos. O corpo pulsa. O papo sobe e desce marcando a respiração. Eu, agachada, quase retenho a minha, para não assustá-lo. Mas, assim mesmo, movido por não sei qual impulso, o sapo rompe sua meditação de buda, e sai aos pulos, desgracioso e pesado, revelando, nas patas traseiras, um comprimento insuspeitado. Eu o sigo.

Um, dois, três, quatro pulos, uma pausa, depois novamente um, dois, três pulos e para diante de um tronco carcomido: estava indo para a toca. Agora, sem pulos, sem saltos, sem passos nem rastejos, mas num estranho ondular do corpo desajeitado, o sapo entra numa racha do tronco.

Já quase não se enxerga. O silêncio crescente denuncia a chegada da noite, os pássaros dormem, os grilos cessaram seu canto. É hora de voltar.

Mas fico ainda um pouco parada, o rosto junto ao chão, procurando na escuridão podre do tronco o brilho dos olhos do sapo; não vejo nada, na certa ele fechou as pálpebras.

26

ESTA SALA NÃO TEM JANELAS. Tem um ventilador e três tubos de luz fluorescente. As paredes são verdes, os móveis são verdes, as máquinas de escrever também são verdes. O verde, dizem, descansa a vista.

A luz, na minha sala, é sempre igual. A rua está distante, não lhe ouço os ruídos. Chego de manhã, saio à noite; e é sempre uma surpresa encontrar o dia na rua já findo, encerrado sem a minha participação.

A luz artificial, sabe-se, tem muitas vantagens. Dosagem precisa, intensidade inalterável, temperatura constante. Não se movimenta pelas paredes denunciando o passar do tempo, não se abafa em prenúncio de chuva, não sangra ao crepúsculo. Evita assim nos seres humanos a vaga ansiedade, apelo, desejo de voo diante de um céu aberto. A luz artificial acende-se ao entrar, apaga-se ao sair. Seu consumo é controlado.

Assim o espaço: funcional. Pouco, para evitar o desperdício, bem-distribuído para máximo aproveitamento. Trabalho sozinha. Entre a escrivaninha de aço e a mesa de máquina também de aço, minha cadeira anatômica sobre rolamentos de esfera não precisa correr muito. Viro o braço, agarro a beira de uma das mesas, empurro de leve com a mão direita no tampo da outra, suspendo os pés após dar um impulso, e, ajudando com um ondular do corpo já automatizado executo meia-volta. Isto para ir, isto para voltar. Não trabalho com arquivos, não atendo telefone, raras vezes me levanto.

Nas paredes, nada pendurado; apenas dois pregos de antiga procedência denunciam a existência anterior de algum quadro, talvez retrato ou diploma. Junto a mim a pintura verde trai o reboco, ferida aberta pela cadeira em suas evoluções. É a única marca.

Pelos três lados as paredes surgem a pouco mais de um metro do meu rosto. Somente o quarto, onde se abre a porta, parece afastado.

Através da porta sempre aberta vejo um colega que escreve sentado numa cadeira anatômica sobre rolamentos, diante de uma escrivaninha de aço, sob a leve brisa de um ventilador. Atrás dele, uma parede verde.

27

AS ARCADAS DE LUZ, E A SOMBRA. A longa galeria. Meu quarto no fundo, a alcançar, fim da noite.

Parada na porta da copa, junto coragem para o primeiro passo, início irreversível de todos os outros, quando não poderei mais parar, nem correr.

O luar sobrepõe seus recortes aos veios do mármore: branco, preto, massas sem risco. No branco me exponho, visível a todos. No preto me arrisco a todos os encontros. Eles sabem que estou aqui. Me viram no primeiro recorte, e não me perdem na sombra.

A piscina, a noite quieta. Nós todos em silêncio.

Passo pousado à frente de outro passo, lenta reta da marcha; severa, a noite me impõe sua geometria. Sei que estão me olhando na casa vazia, só não quero que venham.

Não virão, se eu for boa não virão, não há porque querer--me mal.

A piscina quieta. O outro lado da galeria, todo escuro, é menos perigoso do que este em que a luz coagula a sombra.

Devagar, bem devagar.

O corpo tenso, o sangue em disparada, o medo crescendo além de mim, da casa, da noite. Menina crescendo em tanto medo. Os dedos em cruz, as mãos à frente, a fé em meu socorro, o medo maior que a fé.

O quarto mais perto, ainda distante.

A água se arrepia, gota, pelo, pena. Eu toda pelo e pena, bicho acuado. Ninguém me persegue, o que existe me espera.

Eu ando e ando, a porta se aproxima. Da última luz, a sombra me acolhe enfim deserta. A mão na maçaneta, segurança do metal, as costas voltadas um instante, a porta aberta, um passo, e a porta já fechada.

Para o tumulto no girar da chave. Lá fora todos dançam. Aqui começa outra noite, a suave noite do sono.

28

ELE ENTROU PRIMEIRO. Ela veio em seguida, apoiando-se numa bengala – hábito adquirido da fratura antiga já consolidada, pois nem sequer mancava – e sentou-se à sua frente. Não trocaram palavra. Apenas, ao acabar a longa concentração do cardápio, um passou-o ao outro.

Sob os óculos, o olho direito da mulher é coberto por um curativo de gaze firmemente seguro por dois esparadrapos em cruz, mas afastado da carne, de modo que pode encobrir um globo ocular, ou o nada. O olho esquerdo é azul; um azul aguado boiando em eterna lágrima, efeito da lente muito espessa.

Marido e mulher inteiramente transparentes um para o outro, olham-se sem se ver enquanto esperam a comida. Somente os rins se encostam ao espaldar da cadeira, o resto do corpo pendurado para a frente, as mãos brincam molemente com os talheres.

Para ela bife com fritas, para ele também. Quando chega a comida, há um vislumbre de interesse nos olhos de ambos. Mas o ataque é diferente. Cada vez que ele corta um pedaço de carne, a passagem do garfo de uma para outra mão é lenta, e a faca repousa encostada no prato. A mastigação da boca sem dentes levanta as bochechas em careta grotesca, empurra os óculos para cima enquanto o lábio inferior ameaça chocar-se com o nariz. Ela come com fúria. Movimenta os talheres rapidamente, sem jamais abandoná-los, a empunhadura fechada com força, a lâmina da faca quase cortando o punho. Ataca as batatas por cima como se estas ameaçassem fugir, mergulha o garfo com certeira pontaria e trespassa a vítima de um golpe só. O bife roda no prato à medida que ela lhe corta as arestas em cuidadosa lapidação. Goles fundos de cerveja ajudam a deglutir, o sobressalto da garganta refletido nos lábios como um sorriso.

Acabam quase ao mesmo tempo. Ele, porém, deixou comida no prato e palita os dentes de outrora. A perspectiva da sobremesa e as forças recém-adquiridas permitem a troca de algumas palavras, elogios à comida, comentários sobre o restaurante.

O olho da ameixa no meio do pudim reclama toda a atenção. Cessada a conversa, o ciclope amarelo desaparece rapidamente do prato deixando apenas o rastro da calda. Pela primeira vez desde o início do almoço as costas encontram o espaldar da cadeira, a cabeça, querendo pender para trás em abandono, se ergue esticando as rugas do pescoço.

Mais essa batalha vencida, os olhos buscam a janela, a paisagem, o repouso.

29

DESPERTO LENTAMENTE, porque sei que está na hora. É o silêncio do entardecer. Através da fina tela de arame da janela, as folhas da árvore em frente são delicadas como um bordado. O céu já é cinza; o azul desgastou-se no grande calor do dia.

Deitada, em paz, espero que a empregada passe no jardim, a caminho do galinheiro. Só então, quando os cachorros latem em festa, e a voz dela os chama despertando um último alarido de pássaros, me levanto.

As arcadas do pátio não fazem mais sombra, as colunas enlanguescidas desmancham seus contornos, as andorinhas dormem ao longo das cornijas. Minha presença não chega a ocupar espaço. Não faço barulho quando ando. Apenas a portinhola da escada range levemente atrás de mim.

A cozinha vazia guarda ainda um cheiro morno de comida vindo do panelão de sopa que espera, sobre o fogão, a hora do jantar. De longe, ao fim do corredor sombrio, vem a novela do rádio da cozinheira, que, na distância, tem o som doméstico de mulheres conversando.

Gosto de descer assim, sem encontrar ninguém, silenciosa e ignorada. É por isso que escolho esta hora morta, quando mesmo o jardim, onde os bichos se preparam para a noite, não me é tão hostil.

Cortaram o capim que ameaçava a casa, e que agora, morto, começa a amarelar; no ar, um cheiro antigo de feno. O vento que farfalha no cimo das árvores escorre frescor ao longo dos galhos, dos troncos, até o chão.

Antes de chegar ao galinheiro meu assobio rouba à empregada sua companhia, trazendo os cachorros embolados, orelhas, rabo e língua ondejantes na corrida. Nossa chegada ao terreiro é quase um assalto; as galinhas cacarejam assustadas, os pombos desmancham por um rápido instante sua roda em volta do milho, somente os patos continuam atravessando a água suja do laguinho. A perfeição do ovo se destrói contra a aresta da pedra, as pontas agressivas da casca rasgam a gema que, na minha boca, é doce e morna.

Abandonado o galinheiro, os cachorros me seguem e me precedem no mato. Eu silenciosa, cheia de cuidados para não perturbar, como em casa alheia; eles donos, fuçando tudo, entrando pelas plantas, quebrando hastes. Sinto que a natureza me teme; é contra mim que se ergue a parede de alerta, sou eu que provoco o grito da ave.

Paro no limite da noite, quando o capim alto me parece apenas um imenso viveiro de cobras. E assim como vim devagar, levantando demais os pés a cada passo, olhando ao redor com cuidado, quase querendo conquistar com o carinho da minha atenção, volto correndo, perseguida, meu amor rejeitado em pagamento de pecados alheios.

A casa está acesa. Na cozinha se janta. A água corre alegre na pia. O velho fala sozinho, com a colher esquecida na sopa. Ofuscada pela luz, eu paro, encosto os cotovelos na mesa alta de mármore, e leio o jornal, de pé em meio ao barulho das louças para afirmar minha volta.

30

O CLIMA, NA REPARTIÇÃO, É DE SUSPENSE. Após anos de expectativa ansiosa por parte dos funcionários, o chefe decidiu finalmente se aposentar.

O nome do substituto é uma incógnita e uma esperança. A turno, os prováveis candidatos ao ambicionado cargo são convocados na sala de ar-condicionado, e submetidos a exame. Interrogações sutis, perguntas veladas, estudo tácito de qualidades que, aliados ao aperto de mão final e à palmadinha nas costas, deixam cada um com a certeza de ser o feliz escolhido.

O resultado da entrevista será certamente relatado, à mulher e aos filhos em casa, na hora do almoço, em longo monólogo cheio de "então ele perguntou" e "aí eu disse", do qual o páter--famílias sairá dourado de audácia.

No escritório, ninguém trabalha. Espera-se uma comunicação oficial, e, enquanto ela não vem, conversa-se animadamente. A secretária mais moça, que hoje chegou atrasada, descreve fartamente a missa em ação de graças pelo aniversário de sua mãe, recuperada de longa doença. Tomamos todos conhecimento da emoção da velha senhora, da desonestidade dos padres que não queriam acender as luzes apesar do preço ter sido contratado para missa cantada e iluminada, e da cara que fez o jornaleiro diante do escritório quando a viu chegar de braço dado com um tio que a beijou antes de ir embora. Aborda-se em seguida o assunto de tinturas de cabelos, tonalidades da moda e cuidados necessários, chegando-se à conclusão de que o melhor mesmo é pintá-los em casa com essas tintas modernas, porque para ir ao cabelereiro não há dinheiro que chegue.

Enquanto o contador lê o jornal, escondem uma lagartixa de matéria plástica debaixo da primeira folha de seu bloco de notas e ficam à espera, trocando pequenos risinhos de entendimento. Mas a leitura demora tanto que, quando, afinal, o rapaz levanta a folha fatídica, a brincadeira já foi esquecida, e a ausência de susto não chega a desapontar ninguém.

A passagem, pela sala, do Chefe do Departamento de Pessoal, restabelece uma certa ordem. Todos se fingem ocupados, a revista de amor é guardada rapidamente, o vidro de esmalte derrama-se no fechar repentino da gaveta.

Além da porta fechada decide-se o destino da seção.

Em breve, será anunciado o nome do novo chefe. O chefe antigo lerá então o discurso preparado há tantos dias. Visivelmente emocionado, receberá o presente dos funcionários, junto à lista de assinaturas limpas no papel almaço de margem dobrada. E na hora dos abraços ficaremos todos um pouco constrangidos, chegando-nos a ele pelo lado, para que os corpos não se toquem em súbita intimidade.

31

NA SALA IMENSA FORRADA DE LAMBRIS ENTALHADOS, a mesa é tão comprida que parece estreita; mas se eu esticar o braço sobre ela, não conseguirei, certamente, alcançar o outro lado. Do outro lado, não há ninguém. Eu janto sozinha, premida pela pressa silenciosa do garçom que, sentado no escuro, às minhas costas, espera para levar os pratos.

A economia e o lento êxodo dos membros da família reduziram, aos poucos, as lâmpadas do enorme lustre ao centro da sala, e agora, em completa renúncia às feéricas luzes de antigamente, uma única lâmpada de muitos watts, amarrada por um fio comprido sob a cúpula de ferro esmaltado, ilumina com violência uma das extremidades da mesa, onde eu sento. A cabeceira, lugar de minha tia, nunca foi ocupada por outrem, nem mesmo depois dela ter deixado a casa, há tanto tempo. Fora do círculo de luz, as cadeiras de espaldar alto, enfileiradas como convidados estáticos, caem progressivamente na penumbra, e a outra ponta da mesa é apenas uma mancha de sombra.

Toda noite, quando o jantar está pronto, o garçom chama lá da cozinha com um grito – intimidade de velha babá –, eu assovio para o cachorro, e partimos os três, cada qual de seu canto, em direção ao repasto final.

A possível alternativa entre os pratos não chega a estimular minha curiosidade; a cozinheira não tem muita imaginação, e, por eu gostar de sopas, simplificou ainda mais seu já reduzido cardápio. Sopro na colher, um pouco encabulada por reter o garçom com a demora, um pouco contente por adiar a hora em que, o jantar terminado, ele descerá para o primeiro andar, deixando-me só. Atrás de mim, suas pernas balançam impacientes. O barulho do monta-comidas me obriga a tomar conhecimento da chegada do segundo prato, e engolir o resto da sopa rapidamente; a comida esfria logo nesta casa.

Não como sobremesa, sou muito criança para tomar café. A última demora vem no dobrar lento e meticuloso do guardanapo. Depositá-lo sobre a mesa é inadiável. Levanto-me, o cachorro obedece ao arrastar da cadeira, sem que haja necessidade de chamá-lo. A luz permanece acesa enquanto o garçom acaba de tirar a mesa.

No quarto, a porta trancada a chave não é barreira para os ruídos. Há passos, gotejar de água, bater de louças na copa. Eu presto atenção para distinguir, ao longe, o estalo do interruptor e o bater da porta, que encerram, definitivamente, minhas possibilidades de companhia. Depois, os passos e o gotejar parecem continuar, mas sei que não há na casa mais ninguém além de mim. São os grilos, os sapos, e os regatos do jardim.

32

SOU MENOR DO QUE MINHAS MEDIDAS. Não creio mesmo que ninguém tenha as medidas que eu busco; e, como teimo em alcançá-las, peco de pretensão.

É inútil procurar.

Vejo multidões acomodadas no erro. Ouço, a todo momento, confissões de mau caráter feitas num tom muito próximo da vaidade. Mulheres me enumeram, com orgulho, os homens que já possuíram. Os homens fazem o mesmo. Não sinto neles o menor anseio de pureza.

Vejo mulheres feias e gordas, sem amantes nem amores, armadas apenas de receitas domésticas e longos relatos de doenças. Vejo mulheres bonitas, bem-tratadas, lisas e lustrosas, sem uma prega, sem alças arrebentadas, sem manchas na pele, que traem o marido com o amante, o amante com outro, e os três consigo mesmas.

Vejo homens ficarem calvos e barrigudos em profissões de que não gostam, dormindo sonos tão pesados quanto eles mesmos ao lado de mulheres de que não gostam, educando, mal como foram educados, crianças das quais, no fundo, gostam muito pouco.

Vejo as pessoas falando mal das outras e se comportando pior. Vejo muita gente feia, esquecida do próprio corpo. Vejo todos reclamando e poucos tomando atitudes.

E não creio que eu, mais do que os outros, tenha o direito de ver estas coisas, de olhar o mundo como se não fizesse parte dele. Não há por que a arrogância me seja permitida; e ter pena é ser arrogante.

Tenho pena da senhora gorda sentada diante de mim no ônibus, com as pernas um pouco abertas, as coxas marcadas pelo vinco profundo das ligas. Tenho pena do senhor asmático, agasalhado em pleno verão, que, certamente, usa suéter desde garotinho. Tenho pena pelos óculos alheios, pelos encontros furtivos, pelas frustrações profissionais, pela falta de talento, pelos grandes talentos desperdiçados, pelas vidas sem perspectiva. Tenho pena de tanta gente que mente, que finge, que sorri fingido.

Mas não posso corrigir o mundo; não posso, sequer, corrigir a mim mesma.

Quereria não mentir nunca; não trair ninguém; oferecer pureza como nunca houve. E já não sei onde ficou minha pureza: se se perdeu nas mentiras, ou se a mataram com a primeira traição.

33

SOMOS TREZE, NA SALA. Oito portas, a maior para uso exclusivo das grandes ocasiões, fechada, e uma janela dando para o poço do elevador.

As três lâmpadas do lustre outrora cheio de luzes não têm qualquer relação com o tempo, ficam acesas dia e noite.

No tampo da grande mesa no centro da sala, muitas mãos traçaram na poeira caminhos de lesma. Encostado à parede, o sofá, em que estão sentadas as três moças portuguesas estranhamente inclinadas para a frente, porque ao sofá falta uma perna. Vestiram a roupa de seda mista, puseram o fio de pérolas. E o lenço, na bolsa de plástico branco, foi dobrado muitas vezes, até ficar bem pequeno.

O casal alemão mantém a dignidade apesar dos tufos de algodão sujo que escapam pelos rasgões do couro do sofá; este, totalmente sem pernas, repousa diretamente no chão. À minha frente, duas cadeiras.

Sobre as tábuas longas do assoalho – que, assim alternadas, claras e escuras, dão ao chão um aspecto arrumado de tapeçaria – a bengala é acompanhamento dos pés que caminham. Para frente, para trás. Espera.

O juiz demora, prerrogativa dos juízes. E, tendo chegado mais gente, nos mandam entrar na sala de audiências. Todos enfileirados nos bancos, o espaço de uma pessoa separando os grupos, recomeçamos a esperar. Aqui há sol, o suficiente para fazer luzir os vitrais. As mãos entrelaçadas, cruzadas, as mãos paradas. Parece uma missa. Alguns, a cabeça pendente para trás, a boca entreaberta, estudam os afrescos do teto em longa contemplação.

Metade da sala em nível mais alto, o chão forrado de vermelho a partir dos degraus. Na penumbra, as cadeiras dos magistrados, altas e negras, têm aspecto terrível. Somos todos culpados.

Pintadas no teto, por entre estuques e volutas, bem acima da clareira vermelha diante da curul – *lex*, *jus* e *paz* em caracteres romanos.

Não chegou mais ninguém, mas a espera levantou o tom das vozes, e se distinguem no ar trechos de conversas, chiar de esses, frases murmuradas, ou palavra destacada num silêncio que subitamente se faz.

Os pombos batem asas fora da janela.

Quando o juiz chegar, verá nossas cabeças enfileiradas por trás dos espaldares como bonecos de mafuá olhando fixamente para a frente à espera da bola que irá atingi-los.

34

A PRIMEIRA COISA QUE PENSEI quando entrou no ônibus quase vazio foi que deveria ser muito desagradável tê-la como secretária. Não me ocorreu que pudesse ter outra profissão.

Sentou do lado esquerdo, duas cadeiras adiante da minha, mas levantou logo para comprar ficha deixando um embrulho para marcar o assento.

O ônibus ia aos solavancos, havia entrado mais gente, ela procurava o dinheiro no fundo da bolsa, atrasando os outros passageiros. Foi quando o embrulho caiu, e todo mundo olhou para ele, a amarelidão do papel escondendo, ameaçadora, a possibilidade de algo repentinamente quebrado. Atrapalhada com o guarda-chuva, com o casaco e com a pressa dos que esperavam para passar, a mulher voltou, catou o embrulho, como que sorriu desculpando-se, e sentou.

Só voltei a lembrar dela quando já se aproximava minha hora de descer. Foi sem querer; nem a olhava diretamente quando vi as cicatrizes. Marcas rosadas diante da orelha descendo ao redor do lóbulo: cicatrizes de operação plástica.

Passei a olhá-la com curiosidade mórbida, querendo que virasse o rosto do meu lado para poder vê-la melhor, à procura de algo que confirmasse aquela vaidade recém-descoberta.

Nada. A pele emaciada e triste, o rosto sem pintura, as pestanas surgindo inesperadas na aridez das pálpebras; dos lados do nariz, dois sulcos profundos em direção à boca. O cabelo, curto assim como poderia ter sido comprido, de cor indefinida, empoeirado, crescido sobre o pescoço em mechas moles. Tudo acabava dentro da gola marrom do casaco, casaco de quem esteve na Argentina há muito tempo ou morou no Sul nos primeiros anos de casada; e nem sequer fazia frio.

Entre nós se interpunha o cabo do guarda-chuva de meu vizinho, bambu agigantado pelo primeiro plano dançando diante dos meus olhos. No redondo de sua empunhadura a mulher emoldurava o rosto de perfil pesado, submisso ao cansaço de um bocejo.

Ao vê-la bocejar fui tomada por um medo infantil de que os pontos rebentassem e a cicatriz estourando revelasse aos outros o segredo que só eu compartilhava, rosa de vaidade naquele lóbulo branco.

Mas a mulher bocejou longamente sem que nada acontecesse. As mãos até então paradas no regaço arrebanharam bolsa, embrulho e guarda-chuva, um braço muito branco surgiu de dentro da manga, esticado em direção à campainha. Embrulhada no casaco comprido, ela se levantou, atravessou o corredor do ônibus, e saltou.

Do alto, atrás do vidro, fiquei vendo-a parada na calçada à espera do sinal verde, as pernas, sem meias, manchadas de lama, a cicatriz cor-de-rosa escondida entre a gola e o cabelo.

35

ESPERO A IRREMEDIÁVEL VEZ DO ALTO-FALANTE. Passageira, entre tantos, sou parte de um rebanho, e não posso desobedecer às ordens.

No arrastão de parentes e amigos que acompanham para as despedidas, não encontro os meus. Ninguém pede que eu não vá. Os casacos pendentes dos braços prenunciam o frio de outros países. A porta estreita se abre para a amplidão da pista; diante dela, o aperto, o entrechocar-se de maletas. Os beijos já não têm a mesma intensidade.

Passei a barreira. Pelas leis de vários países, pela vontade minha e dos outros, estou livre para atravessar o espaço iluminado de refletores como um campo de concentração.

Paro por um instante no alto da escada, e viro a cabeça em direção ao terraço do aeroporto, de onde, sei, me olham. Depois, entro.

A primeira vez que viajei achei tudo uma beleza. O teto baixo, as cortininhas das janelas, e aquelas lâmpadas pequenas que acendiam em cima da gente, ficavam, para mim, entre a casa de bonecas e o automóvel de luxo visto um dia em fotografia antiga. As pessoas, lembro bem, tinham o ar austero, de quem cumpre uma missão, e quase não falavam, respeitosas nessa igreja. Agora tudo é diferente; a propulsão a jato e as prestações transformaram o avião em transporte popular.

Parece um trem. Viaja-se de qualquer maneira, sem preocupações de elegância, perdido para sempre o espírito de cerimonial. Assim que levantamos voo, as moças do time esportivo alemão foram ao toalete trocar de roupa, e voltaram ensacadas em macacões olímpicos azul-marinho, mal se equilibrando sobre os saltos altos. Agora, a aeromoça distribui chinelos para a noite; os sapatos, vazios, perderam a dignidade. As freiras desfolham o rosário. Muitos já dormem; sob o peso da cabeça, o corpo do meu vizinho vai aos poucos perdendo a forma. Alguns leem, outros ajustam seus pertences em rápida posse de lugares. A maioria olha fixamente para a frente.

Quando tudo parece definido, cada qual tendo encontrado sua forma de adaptação, servem o jantar. Interrompe-se o que se estava fazendo, à espera da ração. Só os que dormiam continuam dormindo. Cabeças se esticam para descobrir, nas bandejas que passam, razões para a gula. O equilíbrio precário obriga à contenção; impossível comer com voracidade tendo que cortar o frango sem derramar tudo no colo. Descobre-se, com um olhar, que o vizinho deixou justamente aquilo de que a gente mais gosta.

Os que já estão livres da bandeja cheia de restos, passeiam no corredor, atravancando a passagem. Há um bruaá de por favor e obrigada. A maquilagem das comissárias brilha em pequenas gotas.

A chegada a Dakar interrompe sonos e leituras. Atravesso a pista por entre o cantar dos grilos. As vozes que, ao longe, falam línguas estrangeiras, são incompreensíveis. A combinação de náilon se cola às minhas pernas. Sozinha no bar, não sei que mesa escolher, e fico de pé, fingindo interesse nas estatuetas de ébano e nos pufes coloridos das vitrines. Penso que talvez ninguém vá me buscar na chegada, mas sei, na firme tristeza de minha suficiência, que mesmo assim não me perderei na cidade desconhecida.

Voltamos ao avião. Meu assento já é minha casa.

Atravessei mal a noite, ligando com esforço, através das horas, o sono esgarçado. De manhã, com o primeiro sol, renuncio definitivamente, e acordo. No pulso, a hora antiga é uma saudade. Sinto-me indiscreta, assim desperta enquanto os outros dormem, colhendo o abandono sobre os rostos, em sua expressão mais mísera e cansada. Neste sono vertical, as rugas são fundas. As bochechas da freira pendem em babados, engolindo o colarinho branco; os óculos não têm qualquer utilidade. Seios, coxas e barriga da senhora gorda se juntam num único amontoado que a respiração mexe de leve. Os que acordam tentam se recompor, provam o gosto da própria boca. Os homens passam a mão no rosto para aquilatar o crescimento da barba, as mulheres se penteiam. De dentro das golas, pescoços parecem ressurgir em comprimentos insuspeitados. Diante dos banheiros espera-se pacientemente.

Estou pronta, arrumada, e tomei o café já ansiosa, como se estivesse chegando. Mas ainda falta. Haverá alguém me esperando? Pela janela, olho para a terra aonde vou.

De pé, junto à porta finalmente aberta, sei que está frio, ar fresco das primeiras horas da manhã. Entre tanta gente no terraço do aeroporto, lá longe, como saber se alguém veio por mim? Caminho decidida e séria, afastada dos outros para poder ser reconhecida de longe. O casaco de peles escorrega pelo meu braço, a máquina fotográfica me bate contra o flanco, a maleta pesa. Cada vez mais perto, vejo enfim a silhueta que conheço, e, o sorriso liberto em todo meu corpo, espero que seus olhos me encontrem, para que a saudade se desfaça.

36

NÃO PENSEI QUE TIVESSE NOME. Sempre, quando a sentia subir dentro de mim com tanta violência, e via o mundo ao redor igual, só eu no torvelinho, me perguntava se seria uma coisa apenas minha, desconhecida dos outros, carga de dor humilhante como um vômito. Não era. Nas infindáveis prateleiras médicas e literárias em que se empilham as etiquetas das coisas e dos seres, havia um rótulo também para isso: angústia.

Agora, da beira do poço, eu a observo e espero. Não há luta. Aprendi a inutilidade de qualquer resistência, descobri que no fundo não há nada, senão mais e mais fundo, numa mesma, ou maior, intensidade. Sei que posso suportar.

E, no entanto, toda vez me encolho como um animal, me enrosco na inútil proteção de braços e pernas. Não há para onde fugir. Quieta, sinto em mim todo o peso. Nem um centímetro é poupado; o corpo premido pelo desespero adquire uma nova compostura.

O terrível desespero.

O esforço.

Não sei quantos dias são precisos. Quando acordo, já a trago comigo. E não posso voltar para o sono. No meio da rua, no meio das pessoas, a jaula continua fechada, a couraça me aperta.

Não chego a lugar nenhum, não descubro qualquer conclusão: a dor não tem finalidade. Quando tudo acaba, nada me foi acrescentado que a justifique.

O medo vem junto. Tenho muito medo de sofrer. Penso, com terror, que isto possa se prolongar além da resistência, e que além dela haja algo pior.

Pediria ajuda, se esperasse recebê-la. Bastaria que alguém quisesse me resgatar, por achar impossível que eu seja submetida a tanta dor, por não poder permiti-lo. Bastaria que alguém lutasse por mim mais do que eu própria; porque eu já não me tenho mais amor.

37

ESTAMOS QUASE CHEGANDO AO NOSSO DESTINO. Viajamos para o norte há vários dias, atravessamos a fronteira da Espanha, e, agora, a cidade que buscamos está próxima. Depois tornaremos a descer.

O carro sem rádio prossegue no silêncio. Pela primeira vez em tantas semanas, o céu pesado de nuvens adquiriu uma distância quase palpável, e, assim próximo, aumenta ainda mais a extensão da planície. Pintaram a paisagem de uma única cor, e acrescentaram-lhe o preto. Nunca estive tão longe. Onde estão os donos desta terra? Ceifaram o trigo, colheram os frutos, mas abandonaram os campos, e, sem trabalho, o tempo de espera do outono parece vazio. Talvez, aqui, o outono já tenha chegado.

Quem sabe, choverá antes de chegarmos. Já vem no ar o cheiro da chuva, ou do solo encharcado.

Constrói-se com pedras. As casas, os galinheiros, os depósitos elevados como gaiolas: tudo cinzento. Até mesmo as cercas são de lajes, eretas como lápides. E as montanhas estão tão longe. Para proteger as casas da chuva, calafetam as paredes viradas para o vento, que se nos deparam negras como fundos de barco, a pele velha do piche escorrendo em escamas. Alguns cachorros, poucas pessoas.

Quanto falta? Ainda falta. Tomara que dê para chegar de dia e ver a cidade; dizem que é linda, medieval, como tudo aqui, até o asfalto da estrada, liso e sem buracos, onde nenhum carro cruzou conosco.

A lasca verde do mar que aparece borbulha encapelada, contida por enormes gradeados; são os viveiros de conchas. Imagino as cordas pendentes como cipós cheios de trepadeiras, nesta água que, no fundo, é certamente escura, estranha floresta batida por um único vento. Em cima, as ondas; mas só em cima, qual uma lâmina de aço cortasse o movimento sob a raiz.

Era o último mar, e ficou para trás. A respiração das nuvens abre poços insondáveis, mas o sol está longe. Não havia sol na Idade Média.

Falar parece impossível. O silêncio de tantas horas solidificou-se atrás dos dentes num bloco maciço; qualquer palavra seria inútil, e minha voz soaria estranha a mim mesma. Se a primeira frase não vier de fora, nunca será dita.

Quanto falta? Ainda falta. A noite que chega, ou a chuva. Tudo se faz mais denso. O líquido da bússola, endurecido, mantém a agulha prisioneira.

Quando chegarmos, não teremos mais nenhum lugar a que chegar; a cidade foi nosso único destino durante todos estes meses, mesmo quando, apenas marcada, ainda não andávamos para ela. Jamais tornarei a vê-la. Jamais a esquecerei depois de tê-la visto. Quero, portanto, que seja bonita.

38

O ALMOÇO ESTAVA MARCADO para as duas da tarde, mas os convidados só começaram a chegar bem depois e, quando a comida é finalmente servida, estão todos meio embriagados. Embriagar-se, no caso, exige sede e muita paciência, porque o teor alcoólico dos coquetéis que circulam pela sala é incrivelmente baixo; tem-se, assim, a ilusão de estar se alimentando, na espera, graças às vitaminas dos sucos de tomate, caju, e laranja, nos quais a vodca mal se sente.

Obedecendo ao exigido para semelhantes reuniões, a fauna é sortida. Todos se conhecem, e os que não, passam a se conhecer com grande rapidez, logo íntimos, como exige o ambiente. Há homens e mulheres das mais variadas idades, sendo a disparidade considerada de bom tom, pois dá aos velhos ilusão de juventude, e aos muitos moços a certeza de não sê-lo tanto. Na escolha dos convidados, a dona da casa não negou suas aspirações intelectuais. Temos vários decoradores – um deles, recém-chegado da França, dá demonstrações da última dança –, um velho ator americano de passagem, alguns costureiros da moda, e um bando de garbosos jovens que, não fazendo na vida nada de definido, aspiram, porém, à cenografia, ao teatro, ou à criação de alguma nova butique.

As mulheres presentes limitam suas atividades extradomésticas a cartões de Natal pintados em *silkscreen*, cursos intensivos de história da arte, fabricação de cinzeiros de cerâmica, e outras pequenas coisas que oscilam entre o artesanato e a desculpa para adultério. As que não são bonitas fazem força; as manchas da pele cansada mimetizadas debaixo da maquilagem espessa, as gorduras resistentes às aulas de ginástica reprimidas nas cintas, os sutiãs armados. Dão a impressão de serem em papelão pintado, de fino acabamento. Naturalmente, estão todas muito na moda, com sapatos, roupas, e joias tão semelhantes a ponto de parecerem iguais. Amigas íntimas dos costureiros e decoradores, sabem-lhes as aventuras sentimentais, pedem opinião sobre os cavalheiros presentes, trocam *potins*.

Há, como sempre, outros convidados esparsos, o excipiente da festa. Um jovem rico e bonito que não casa, ninguém sabe por quê. Alguns maridos gordos e desambientados – aqui a maioria é desquitada. O líder intelectual de uma colônia estrangeira. Um jovem atleta disputadíssimo. Um senhor que dorme no sofá da biblioteca.

Enfim, às cinco, o almoço é servido. Vencendo o impulso de empurrar os outros, e, ferozmente, lançar-se à comida, os convidados esperam sua vez ao redor da mesa, de prato e talher na mão, fingindo desinteresse, enquanto os olhos ávidos escolhem, nas travessas, os melhores bocados. Meia hora depois, todos servidos, começa o drama de tentar cortar a carne sem deixar cair o prato que mal e mal se equilibra sobre os joelhos, prestando atenção, ao mesmo tempo, na cerveja que atravessa a sala, na bandeja de um garçom. A conversa esmorece. O tapete felpudo abafa a queda de um garfo. Cada qual se entrega, vencido, à própria fome.

A chegada da sobremesa é acolhida por gritinhos esparsos, e os olhos se acendem na renovação da gula. As bocas, em ponta, trabalham ativas entre uma e outra exclamação.

Os empregados começam a recolher pratos sujos; há copos em todo canto, as almofadas do sofá estão espalhadas pelo chão. Enquanto, ao telefone, se organizam programas para a noite, as mulheres entram no banheiro, em bandos, para retocar a maquilagem arruinada.

Já é tarde. Começa a retirada. Mais um sábado foi, gloriosamente, superado.

39

DEITADA DE COSTAS, observo o tempo passar. Poderia sentar, se quisesse, mas prefiro ficar assim, imóvel, desperta só pelos olhos abertos.

A manhã está apenas começando; ainda não há sombras, manchas leitosas de vagos contornos denunciam o avançar da luz. No ar fresco, é bom estar sob o lençol.

A esta hora, todo dia, alguém, na casa em frente, lava um automóvel. Sei-o pelos passos sobre o cimento, pelo ruído da água que escorre, pelo abrir e fechar das portas do carro. A alça que bate contra o balde tem um som puro, que se abafa, às vezes, quando o balde está cheio.

Todos os pássaros cantam.

As manchas se confundem com os arabescos de mofo das paredes, depois ganham feitio, se mexem de leve, são sombras de árvores. O baque monótono do pingo que, a intervalos regulares, se desprende da torneira e cai na pia, parece repercutir no quarto pequeno.

Não sei as horas, tiraram-me o relógio quando vim para cá; mas deve ser muito cedo, pois as pessoas que andam, nalgum lugar deste prédio, têm o passo leve, cuidado de quem não quer acordar os que dormem. O barulho de uma porta de vaivém se repete, surdo, esmorecendo aos poucos até cessar;

alguém passou por ela. Sigo, nos ruídos, os movimentos das poucas pessoas despertas que circulam perto de mim, em meio a todo este sono.

Da casa em frente, chegam as primeiras vozes. Se chamam, se respondem, riem. O carro está pronto; bateram a porta, e ligaram o motor que agora se aquece roncando baixinho.

Sobre a parede, as manchas mudam de lugar muito lentamente. O ar se faz morno, o lençol começa a pesar.

Vem da cozinha – talvez no andar de baixo – o bater de louças; na certa, arrumam as bandejas do café.

Em frente, o carro partiu num último chamado, a casa está de novo tranquila, com pequenos ruídos domésticos. Uma motocicleta desce a ladeira; os homens vão para o trabalho.

É quase hora. Os passos, nos corredores que não conheço, se fazem mais seguros anunciando que a manhã está pronta. Os que dormem já podem acordar. Cresce o movimento. Aqui também, agora, há vozes que se chamam e se respondem.

Eu espero. Logo haverá passos caminhando para esta porta, a chave rodará na fechadura, e, como toda manhã, a enfermeira me dará bom-dia alegremente, sem saber que eu já estava desperta há tanto tempo.

40

O SINAL FECHOU e o carro foi obrigado a parar. Carrão americano de vários quilômetros de comprimento. Apoiadas ao volante, as mãos do dono; brancas, macias, mais rosadas perto das unhas curtas e cuidadas. Na mão direita um cigarro e um anel de grau vermelho, nenhuma aliança.

Do alto do lotação divirto-me observando o cavalheiro. O sinal custa a abrir, ele buzina com discrição, quase relutante. A camisa de linho branco, muito branca, perfeitamente passada. O terno escuro, impecável. Não tirou o paletó, poderia tê-lo jogado descuidadamente ao assento traseiro como muitos, ou pendurado num cabide ao lado do carro. A mão esquerda repousa agora fora da janela, para que a cinza não lhe caia em cima, assim mesmo, ao fim de cada tragada sopra a fumaça com força dirigindo-a para si próprio através do biquinho dos lábios. Observa-se, examina-se, quem sabe alguma cinza... E bate com a mão livre, sacode a cambraia tão branca, ajeita o nó da gravata, corre-lhe os dedos por cima como quem alisa um animal de estimação.

O nariz pontudo, as pestanas louras, a boca rosada. Nenhum sinal de barba, apenas, no pescoço, a vermelhidão esparsa denuncia a passagem da gilete.

Buzina novamente sem nenhum resultado prático, o carro da frente não se mexe, o sinal não abre. De repente eis que ele se inclina para o lado, o corpo espichado em todo o comprimento do assento, e abre a porta sem que, entretanto, ninguém entre. A moça que passou continua passando, somente, agora, um pouco mais adiante, e ele lhe segue o andar num movimento leve da cabeça. Não quis carona, não quis o rapaz – e era feia ainda por cima –, um rapaz tão limpinho. Mas não há de ser nada, faltam ainda muitos sinais até a cidade, e há tantas moças.

Volta à posição primitiva, e fuma, e sacode o peito da camisa, e alisa a gravata. Ainda olha uma vez para trás à procura da moça. Mas não resiste muito tempo à dúvida que aquela recusa fez brotar; levanta a mão ao espelho, ajeita-o, espicha a cabeça para o exame verificador. Tudo está em ordem, talvez o nó da gravata um pouco fora de prumo. Os dedos sobem para os cabelos, atraídos pelo cintilar da brilhantina, mas já o sinal se abre, o cigarro é jogado fora, e a primeira, rapidamente engrenada, leva o carro para a frente.

41

ESTE NAVIO NÃO TEM DATA PARA CHEGAR. Nossa viagem depende de telegramas, ordens de carga e descarga: seguimos ao sabor do comércio internacional. De certo, sei apenas que a meta é Gênova, para onde levamos uma grande partida de carne congelada, bois esquartejados sem sangue, mantidos intactos no limbo das câmaras frigoríficas.

Já estivemos em muitos portos; cidades fora da rota da minha imaginação, que agora apoiam, na misteriosa arquitetura das imagens, os nomes antes abstratos. Parando ao longo das costas, viajamos aos poucos, como quem teme o grande mar. Brasil, África, Espanha, Portugal. Coqueirais no vento. Pesca à baleia. Alcazares. Ruínas romanas. Aparentemente, só o Brasil não tem ruínas romanas; a gente senta num fragmento de coluna, lê a história no mapa turístico, e olha ao redor com encantamento, procurando um esplendor que, vai ver, nunca houve. Gosto muito de ruínas romanas.

Nossas etapas são breves, às vezes apenas o tempo suficiente para tomar conhecimento de ruas, gentes, catedrais e monumentos, descobrir o outro lado de portos sempre parecidos. Nas cidades estranhas ando devagar e me perco com prazer. As pessoas me olham, eu olho as pessoas. Não tenho compromissos. É bom ser estrangeira durante o dia, e depois voltar ao navio, e ser de novo nacional.

Nos dias de navegação, almoça-se às onze, hora em que a fome, desperta desde manhã cedo, vai alta. Janta-se às cinco, quando o sol, equilibrado por alguns instantes sobre a linha do horizonte, se achata levemente na base, resistindo ao tempo. A noite vem logo.

O mar é sempre diferente. O céu parece igual.

A bordo trabalha-se: tira-se a ferrugem, pintam-se as partes já limpas. Os marteletes pneumáticos batem, como um exército frenético de pica-paus; o ruído é mais forte que o das ondas. Quando param, o navio transborda dentro d'água seu silêncio.

O convés, recém-pintado de prata, brilha nos meus olhos, chumbo fundido, campo de neve. O mar refletindo o sol é espelho em mão de criança. De olhos fechados, viajo com o navio.

O sol sobre minhas pálpebras doura o mundo. O vento corta o calor. Não leio, não faço coisa alguma. Penso de leve em coisas sem importância, brinco de pensar. Tenho somente que esperar a hora do almoço, ou do lanche ou do jantar. Sem fome, deixo que a sineta divida o dia, organizando minha preguiça.

42

O TRABALHO FINDO, cá estou eu, sentada na redação, enquanto a claridade dos prédios em frente, banhados pelo sol, se reflete nos meus olhos.

Em paz, guardo o susto. Susto de quem atravessou um abismo, e ainda ouve, ao fundo, ecoarem os próprios passos. E o espanto de jamais ter alcançado tal fundo.

Havia, eu sei, uma ameaça constante, negro mundo que me chamava à noite por entre pesadelos; mas parecia acorrentado ao fundo da consciência, longínquo, impotente. Até que algo se partiu em grande clarão, e não houve mais segredos. Finda a necessidade de esperar a noite. Nenhum murmúrio mais. Nenhum aviso.

Lembro o terror à tona, oprimindo o peito. Os dentes trancados, as palavras trancadas atrás dos dentes. As lágrimas livres. O coração em fuga. Toda uma fragilidade nova.

Em busca de respostas, só conseguia formular mais perguntas. Perdidos os caminhos, ficava parada, lá onde muitos andam às cegas. Já não sabia o que querer. Ao meu redor, todos falavam, as bocas abertas espalhavam palavras em continuação, e os prismas de todas se misturavam em mim num único, gigantesco caleidoscópio. Numa visão de labirinto, como saber, entre tantas, a justa direção? Cada dia mais longe, me perdia da verdade.

Difícil sair desse abismo. Sei das horas que passei, de olhos fechados sem dormir, apenas porque, tendo acordado sem abri--los, não havia necessidade de fazê-lo depois. Na mente, os pedidos de socorro se engatavam uns aos outros, num só grito sem som.

E comecei a procura de alguém que pudesse me ajudar. Repeti minha história vezes sem conta, aprendi minha vida de cor, como um número de telefone, até não saber mais o que fosse verdade, e não poder recriar as emoções dos momentos. O que eu dizia parecia não chegar a lugar algum; o que os outros diziam não era aquilo que eu buscava. A vida não cabia em minhas épuras.

Dias e dias, formando muito tempo. Depois, tudo perdeu sua força, inclusive o medo daquilo que havia sido descoberto.

Muitos, perto de mim, conhecem o perigo e estiveram próximos de atravessar a frágil barreira. E outros tantos calam o já tê-la atravessado.

Eu própria deixei-o para trás. Às vezes, porém, como agora, quando findo meu trabalho, olho para a frente, perdida na luz de uma parede branca, penso e lembro, para que não me seja permitido esquecer.

43

UM DIA VOLTEI À CASA. Voltei para mostrá-la ao homem que amava.

Nunca mais tinha estado lá. Às vezes, passando por ela, via o portão aberto, mas nenhum carro, nenhuma pessoa. Nos jornais, lia raras notícias de futuras demolições, loteamentos, projetos para a construção de um colégio, de um cemitério; a casa, porém, continuava intacta, branquejando por entre o mato cada dia mais cerrado.

E resolvi vê-la uma última vez. Paramos o carro, saltamos. O portão de ferro estava fechado; como o havia feito tantas vezes, apoiei as duas mãos no alto do muro, as palmas bem abertas sobre o cimento veludoso de musgo, e pulei para o outro lado, que já conhecia. Só então, chamei o vigia, para que nos abrisse.

Lentamente, subimos os três a pé pela longa alameda, um descobrindo, o outro acompanhando, eu, de volta. O capim alto, o cheiro quente de fim de tarde, a luz igual na ausência de sol, nós caminhávamos em direção à casa que eu iria oferecer como o mais belo presente.

No alto, onde as palmeiras se alargam abrindo outros caminhos, ela nos esperava, sólida, imutável, fiel, imenso cão de pedra.

Entramos pelos fundos; a porta principal continuava certamente trancada, com a mesma corrente e o mesmo cadeado de então. Fui na frente, para não permitir que o vigia, abrindo caminho, tomasse posse das coisas; e andando eu explicava, reconstruía, desenhava no ar com as mãos os contornos dos móveis ausentes. Nada havia sido esquecido. Enfrentada a prova, eu percebia, feliz, estar tudo guardado, para sempre.

Atravessamos a cozinha sem fogão e sem mesas, onde o mármore das pias, há tanto sem água, era agora opaco e poroso. Atravessamos o refeitório dos empregados, subimos a escada; a lavanderia e os quartos do longo corredor escuro tinham ficado para a volta, de propósito, de modo a não repetir um único instante. Ao fim da escada, a cancela de madeira, a copa, e a porta do pátio interno, fechada.

Depois, as arcadas, a piscina verde, as andorinhas nas cornijas, o chão de mármore colorido, tudo estava ao meu redor mais uma vez, e me amava. De novo a grande paz, o grande silêncio, a imensa solidão. Esta era a minha casa.

E fui entrando nos quartos, abrindo portas e janelas, desembrulhando, com gestos antigos que me eram fáceis, o lindo presente que o homem, atrás de mim, recebia atento.

A sala de jantar, onde a mesa ocupava o lugar desta mancha escura sobre o chão, e o lustre, no alto, era do comprimento da mesa; aqui eu sentava. O quarto do meu pai, onde minha mãe morreu. O quarto meu e do meu irmão, aqui a cama dele, a minha, o armário e a prancheta, os quadros e os espelhos, tudo, tudo; e a varanda florida de buganvílias, e o imenso ipê-amarelo que no inverno perdia as folhas, única árvore nua em meio a tanto verde.

As janelas novamente fechadas, saíamos dos aposentos em penumbra, deixando trancado atrás das portas o calor de nossas presenças.

Mostrei os quartos, os salões, a sala de bilhar, demorei no banheiro de mármore vermelho e preto – o da banheira alta com escadas –, e subi ao terraço.

105

Fomos sozinhos, ele e eu. Subimos as escadas abafadas e iluminadas pela claraboia do alto, abrimos o portãozinho de ferro, e tínhamos chegado. O meu terraço; para ele bastava um gesto largo dos braços, o sorriso que eu sentia nos olhos, e estava dado, com todo o céu acima, com todo o mato ao redor, amplo convés em verde mar.

Depois descemos, voltamos, nos despedimos do vigia, e refizemos a alameda. Desta vez não pulei o muro; saí devagar pelo portão, na tarde que findava.

44

É NOITE DE SÁBADO. No prédio, muitos já dormem; os que não, saíram. Através da parede fina, nenhum ruído me chega do apartamento da vizinha. Não ouço barulhos domésticos; imagino as cozinhas vazias e limpas, sem cheiro de comida, frias.

Se chego à janela, vejo janelas apagadas e fechadas na migração de sábado à noite; às vezes uma luz azul denuncia televisões ligadas.

Os carros que passam, passam logo, noutras ruas, seu som é distante, alheio.

As caixas d'água se enchem, gorgolejando seu ruído de floresta. Mil regatos correm, secretos, por entre as paredes dos edifícios, sem que ninguém lhes preste atenção. Eu sou dona de toda esta água.

Ainda não jantei. Deveria levantar-me e cozinhar, mas não quero repetir a eterna pantomima, não quero ouvir o bater da porta da geladeira, não quero ouvir o fino assobio do gás que escapa, não quero acender o fogo. É tarde; a hora de cozinhar já passou há muito tempo, passou a hora de comer. Não quero estar sozinha nos meus gestos.

O certo seria ir dormir. Sei que gosto do sono, não há por que protelar. Mas, aí também, conheço tanto tudo, que me assusta. Conheço o empilhar das almofadas sobre a cadeira para libertar a cama, conheço o peso da colcha e o modo de dobrá-la, e sei em que altura o lençol se dobra sobre o cobertor, porque fui eu quem o dobrou de manhã.

Não haverá nada de novo se eu for dormir. Como todas as noites, acenderei a luz do banheiro e fecharei a porta para evitar correntes de ar. Debruçada para o espelho me olharei demoradamente em busca atenta de algo que não sei, querendo, talvez, encontrar no rosto a marca de mais um dia. Afastarei a franja com a mão, libertando a testa; olharei a testa, olharei os olhos com amor, como se fosse outra pessoa me olhando. Depois, renunciando a mim mesma, lavarei o rosto.

Não, não quero ir dormir. O dia não me trouxe nada de bom; não quero encerrá-lo ainda. Se eu esperar mais um pouco, assim, quieta, ouvindo os ruídos, ouvindo o silêncio, talvez fique leve de novo. Pelo menos o suficiente para levantar, empilhar as almofadas e retirar a colcha. Pelo menos o quanto basta para, diante do espelho, não encontrar nos meus olhos a expressão de um tão grande desespero.

45

JÁ CHEGA A NOITE. Estamos em pleno verão, e ela vem mansa, muito lentamente, trocando aos poucos a luz no céu. O azul, cada vez mais claro, diluiu-se em cor-de-rosa, e, agora, o musgo denso da sombra avança abafando em silêncio os últimos clarões.

Da janela do *atelier*, sigo a longa viagem das cores, enquanto o ácido grava a chapa mergulhada na bacia esmaltada. Sobre a bacia, o calor de uma lâmpada forte apressa a corrosão.

Estou cansada, trabalhei o dia todo.

Cheguei aqui de manhã cedo. Troquei a roupa, abri janelas, apanhei o material no armário, e aprontei tudo com diligência de dona de casa. Os gestos precisos, iguais aos de ontem. As coisas sempre nos mesmos lugares.

Sentada num banquinho redondo diante da mesa larga, guardo ao alcance das mãos tudo de que necessito. O traço do estilete brilha sobre a cera que protege a chapa; haverá, depois, centenas de traços. Tenho todo o tempo.

Nos prédios ao meu redor, os funcionários de muitas empresas falam ao telefone, conversam entre si, escrevem; raras vezes, distraídos, me olham. Ouço sirenes e apitos de lanchas: a Praça 15 é próxima.

O dia se esvai, na calma de um trabalho que dispensa palavras.

Almocei sanduíches trazidos de casa, tomei café feito no mesmo fogareiro a álcool em que esquento a chapa. Sinto, na minha paz, um tremendo egoísmo. Gasolina, redutor, alquimias combinadas apenas segundo meu desejo, em busca de um resultado que só eu sei. Lento trabalho de superposição, de fazer e destruir, onde comando o ácido a abrir um sulco no metal, como quero, para que surja, gravado, aquilo que antevi. Louco brinquedo com gosto de magia, fechado e voluptuoso como um sonho, em que a mente divaga enquanto se formam novas imagens.

Tarde, as costas me doem, e sei que é quase chegado o fim do dia. É então que descanso, olhando pela janela.

Diante de mim, o prédio iluminado não tem mistérios, imensa colmeia de vidro. Vejo um contínuo sentado nas escadas, onde, graças aos elevadores, ninguém passa. Um chefe lê revistas em sua sala particular. As moças se arrumam para estar prontas na hora de sair.

Lá embaixo, algumas pessoas atravessam a trilha do terreno baldio, caminho inesperadamente campestre para chegar à condução. Outras vão a seus carros, no estacionamento.

Pressinto a grande retirada da cidade. Mas eu ficarei aqui ainda algum tempo, tirando com uma pena as bolhas douradas que se formam sobre a chapa no banho azul do ácido nítrico. Só voltarei para casa mais tarde, quando as ruas ficarem vazias, e as colunas do Ministério tiverem readquirido sua dignidade.

46

SÃO SEIS HORAS DE UMA TARDE DE SÁBADO. Quando, a esta hora, ainda não vi ou falei com ninguém, começo a me sentir ridícula, por estar atribuindo ao dia um peso que ele na realidade não tem.

Já dormi tudo o que tinha que dormir, e mais ainda, pelo raro prazer de fazer passar o tempo sem esforço. Tomei café, almocei, um chá fumega a meu lado. A casa está arrumada, e eu própria já me pintei e enfeitei, como se meu aspecto agradável pudesse atrair alguma visita.

Comecei a ler logo que acordei, ainda de manhã cedo. Fiquei com dor de cabeça. Parei de ler, e comecei a bordar; mas, para efeitos de dor de cabeça, tudo continuou igual. Tomei um comprimido, deitei, vedei a luz e os sons com uma almofada estrategicamente colocada sobre olhos e ouvidos. E esperei.

Dormi mais de uma hora. Quando acordei, estava na hora de almoçar. Levantei, fiz o almoço, comi o almoço, lavei a louça do almoço – aos sábados a empregada não vem, é por isso, também, que quem arrumou a casa fui eu.

Novamente sentei para ler, e, novamente, fiquei com dor de cabeça. Repeti toda a manobra anterior; só acordei às quatro passadas.

Então, percebi que ninguém tinha me procurado. Se levantasse, poderia, mais uma vez, ler, bordar, ou escrever; não há outras coisas que uma pessoa sozinha possa fazer dentro de casa. Mas na minha cabeça havia algo solto e dolorido, quase boiando, que parecia querer bater contra o crânio a qualquer movimento. Assim, fiquei mesmo onde estava: deitada.

Só levantei agora, quando já é noite; ainda ninguém me procurou. Levantei, e vim trabalhar.

A vizinha da frente também trabalha: encera a casa, na metódica e cuidadosa faxina que, todos os sábados, a redime do repouso de domingo.

Sei que a tarde esteve agradável, porque, mesmo no sono, ouvi gritos alegres de crianças na rua. Se chegasse agora à janela, e me desse ao trabalho de afastar as cortinas pesadas, veria, na certa, um princípio de noite tênue e clara, as primeiras estrelas, talvez algumas nuvens. Mas estou cansada e chateada, não tenho vontade de olhar paisagens lindas que me façam sentir ainda mais só; estou com vontade de ouvir bater na porta, abrir, sentar numa poltrona, e ficar conversando a esmo, sem pressa nem hora, com outra pessoa, outra pessoa qualquer.

Marina Colasanti nasceu em Asmara, na Eritreia, viveu em Trípoli, percorreu a Itália em constantes mudanças e estabeleceu-se no Brasil, em 1948. Sua carreira literária iniciou-se com o livro *Eu sozinha* (1968). Tem mais de cinquenta títulos publicados, de poesia, crônicas e contos para crianças, jovens e adultos. Entre vários prêmios, ganhou seis Jabutis e o Livro do Ano por *Ana Z. aonde vai você?*, além de premiações da Fundação Nacional do Livro Infantil e Juvenil e da Biblioteca Nacional. Em 2017 foi agraciada com o Prêmio Ibero-Americano SM de Literatura Infantil e Juvenil. Jornalista, foi publicitária e apresentadora de televisão. Pintora e gravadora de formação, costuma ilustrar boa parte de seus textos. Ao lado do ofício que a acompanha desde cedo, Marina dedica-se com esmero à tradução de obras fundamentais da literatura.

OUTROS TÍTULOS DE MARINA COLASANTI PUBLICADOS PELA GLOBAL EDITORA

HORA DE ALIMENTAR SERPENTES

Já autora de vários livros de minicontos, Marina Colasanti volta ao gênero, incursionando com maestria por narrativas breves e brevíssimas alternadas com contos mais longos, triturando certezas até então inquestionáveis e apontando para a natureza das relações humanas.

Alta voltagem estilística marca esses relatos, que embora pertencendo à literatura fantástica, ignoram fronteiras e se lançam com a mesma intimidade dentro e fora da realidade. Ironia e doçura constroem personagens que, por mais imprevisíveis ou erráticos, nos soam admiravelmente familiares. E o cotidiano mais prosaico – como a insônia e seus habitantes – convive com ecos vindos da pintura, da filosofia, dos grandes autores.

O leitor encontrará aqui formas diversas – o roteiro, a história em quadrinhos – usadas não só para dar suporte ao olhar diversificado da autora, mas para remeter à multiplicidade do nosso tempo.

Em pequenos toques, fundos como picadas de serpente, este livro se infiltra sob a pele.

MELHORES CRÔNICAS
MARINA COLASANTI

Organizadas em quatro seções – "Nada na manga", "Eu sei, mas não devia", "Os últimos lírios no estojo de seda" e "Avulsas" –, encontramos aqui uma reunião das *Melhores crônicas* de Marina Colasanti, selecionadas pela crítica literária e professora da Unicamp Marisa Lajolo. Abrangendo textos escritos ao longo dos muitos anos da trajetória da escritora nascida na Eritreia, à época colônia da Itália, saboreamos a incrível inventividade de Marina, seu trato sempre original com as palavras, na abordagem de aspectos vários do cotidiano, como a amiga que lhe traz um vestido, feito por ela, para ser usado na gravidez da cronista, em "A tarefa do fazer", ou aspectos ligados ao jogo com o universo dos contos de fadas, costumeiramente revisitado por ela, como em "Bela Branca Rapunzel".

Nesta obra, encontramos ainda muitas das crônicas em que a escritora aborda elementos das questões sociais que tanto afligem nosso país, e ela o faz com olhar sempre sensível, generoso. Seja num assunto ou noutro, Marina Colasanti sem dúvida colabora vivamente para que a crônica seja, cada vez mais, vista como um gênero literário, fértil e envolvente.

23 HISTÓRIAS DE UM VIAJANTE

Um viajante está sempre em busca de alguma coisa misteriosa, mas traz também a inquietação, como o cavaleiro de *23 histórias de um viajante*, que consegue penetrar no domínio de um príncipe misterioso, isolado do mundo por altas muralhas. Ali, como uma espécie de Sherazade, passa a narrar as 23 histórias reunidas no volume, "como se soubesse o que ia no coração do príncipe".

Seguindo o modelo clássico, os 23 contos narrados pelo viajante se desenvolvem a partir da proposição lançada na história inicial, cujo significado se revela no final, fechando o ciclo iniciático. Dessa forma, o livro pode ser lido como uma série de contos ou como um romance unido pelo fio sutil que liga todas as histórias e as projeta muito além das fronteiras do possível.

Mantendo a unidade espiritual com a escrita, as ilustrações do livro são da própria autora. A mão que inquieta com a palavra também encanta com o desenho.

DOZE REIS E A MOÇA NO LABIRINTO DO VENTO

Com delicadeza e capacidade de sedução, Marina Colasanti joga com o maravilhoso, o poder da imaginação, as criaturas fantásticas, demonstrando como eles continuam vivos, palpitantes e essenciais à formação do ser humano.

Como observa a autora, "nossa realidade interior, feita de medos e fantasias, se mantém inalterada. E é com esta que dialogam as fadas, interagindo simbolicamente, em qualquer idade e em todos os tempos".

Treze contos de fadas que criam um universo mágico e atemporal, interagindo simbolicamente com nosso inconsciente. Tecer uma nova vida com um pedaço de linha; conviver com os sonhos; dar vida ao ser amado, podando uma roseira; saber que o próprio tempo se cansa das coisas do mundo; conhecer reinos fantásticos e seus labirintos e mais, muito mais, tudo belamente ilustrado com o belo traço da autora.